현대신서
170

사랑과 우연의 장난

마리보

박형섭 옮김

東文選

사랑과 우연의 장난

LE JEU DE L'AMOUR ET DU HASARD

par

Pierre Carlet de Chamblain de Marivaux

사랑과 우연의 장난

등장 인물

오 르 공 : 늙은 귀족
마 리 오 : 오르공의 아들
실 비 아 : 오르공의 딸
도 랑 트 : 실비아의 연인
리 제 트 : 실비아의 하녀
아를르캥 : 도랑트의 하인

무대는 파리에 있는 오르공 경의 저택

제1막

제1장 실비아, 리제트

실비아 다시 한번 말하는데 무슨 참견을 그렇게 하니? 내 감정에 왜 그런 반응을 보이는 거야?

리제트 제가 보기엔 아가씨의 감정도 세상의 모든 사람들과 별로 다르지 않다는 거예요. 아버님께서 아가씨가 이 결혼에 만족해하는지 어떤지 물으셨다구요. 물론 아가씨가 만족하고 있다고 말했죠. 당연한 일이니까요. 세상의 모든 여자들처럼. 비록 '예'라는 대답이 사실과 다르다 해도 '아니오'라는 대답은 자연스럽지 못하니까요.

실비아 '아니오'가 자연스럽지 못하다구! 그런 바보 같은 말을 하다니! 결혼이 그렇게 매혹적이란 말이냐?

리제트 그럼요. 바로 '예'라는 말씀이죠.

실비아 조용히 해! 그런 터무니없는 말을 하다니……. 그리고 내 마음을 멋대로 판단하지 마.

리제트 그러나 제 마음은 다른 모든 사람들과 같은데 아가씨만 예외란 말인가요? 내가 아가씨라면, 상황을 좀 더 잘 알 수 있을지 모르지만…….

실비아 리제트, 날 괴롭힐 작정이니?

리제트 아뇨. 하지만 아버님께 아가씨가 결혼하게 돼 즐거워한다고 말씀드린 게 잘못인가요?

실비아 무엇보다도 진실이 아니니까 그렇지. 그리고 난 처녀로 있는 게 조금도 싫지 않단 말이야.

리제트 정말 뜬금없는 소리를 하시는군.

실비아 결혼에 만족하고 있는 듯 비쳐선 안 돼. 아버지가 그 남자에게 쓸데없는 신뢰감을 갖게 될 테니까 말야.

리제트 뭐라구요! 아가씬 아버님이 정해 준 남자와 결혼하지 않겠다는 거예요?

실비아 모르겠어! 아마도 그 남잔 나와 어울릴 것 같지 않아. 그게 불안하다구.

리제트 사람들은 아가씨의 결혼 상대자를 존경하고 있어요. 좋은 가문에 상냥하죠, 재치 있죠, 착하죠, 칭찬이 자자하다구요. 더 이상 뭘 원해요? 그보다 더 달콤하고 즐거운 결혼을 상상할 수 있나요?

실비아 달콤하다고! 결혼이 달콤하다? 그런 표현을 하다니…….

리제트 물론이죠, 아가씨. 그런 남자가 멋있게 예의 차려 청혼한다면 얼마나 행복할까요. 멋진 남자의 사랑의 구애라니……. 비록 예식 없이 결혼한다 해도 어떤 여자가 그것을 위험하다고 걱정할까요? 때와 장소 가릴 것 없이 온 천지가 행복으로 가득……. 아, 상냥하고, 예의바르고, 멋지고, 좋은 가문의 귀족이라니……. 게다가 재치 있죠, 사교적이죠. 그와 함께 산다면 틀림없이 황홀하고 재미있을 겁니다. 모든 게 오케이죠!

실비아   네가 생각하는 그의 모습은 그렇지. 하지만 내겐 아무런 느낌도 없어. 모두 미남이라고 말하지만, 오히려 그게 문제야.

리제트   문제라니, 무슨 문제요?

실비아   일반적으로 잘생긴 남자는 어리석다구. 난 그 사실을 잘 알고 있어.

리제트   아! 어리석다는 건 당치 않아요. 잘생겼다는 건 맞지만…….

실비아   그래, 그가 교육은 잘 받았다고 하더구나. 이젠 우리의 화제를 바꾸자!

리제트   그렇죠. 물론 그건 장점이죠.

실비아   아무튼 미남이라는 것과 좋은 가문, 그건 내게 중요치 않아. 겉치레일 뿐이지.

리제트   맙소사! 언젠가 내가 결혼한다면, 그런 겉치레는 필수품인데.

실비아 너 지금 무슨 말을 하니? 나의 배우자는 성실하고, 좋은 성품 하나로 족해. 그러나 그런 남자를 만나는 건 생각보다 힘들어. 사람들은 그에 대해 칭찬을 늘어놓고 있지만, 누구든 그와 살아 본 사람이 있다던? 성실한 남자들은 자신을 속이지 않는 법. 이 세상의 모든 잘난 남자들은 그런 자질이 몸에 배어 있다구. 그건 바로 부드러움과 이성과 쾌활함이야. 그런 자질은 꼭 외모로 나타나는 것은 아니지. 사람들은 '외모는 정직하고, 그게 그 사람의 모든 걸 의미한다'고 말하지만 말야. 그러나 그런 겉모습, 부드럽고 상냥한 모습이 잠시 시간이 지나면 참을성 없고, 신경질적이고 난폭하게 돌변한단 말이야. 나의 친구 에가스트를 좀 보렴. 그녀는 남편의 잘생긴 외모만 보고 결혼했지. 그녀와 아이들·하인들은 오직 남편의 얼굴만 알고 있을 뿐이야. 그 잘생기고 호감이 가는 얼굴은 도처를 떠돌면서 뭇 여성들과 (…) 아무튼 그의 얼굴은 외출할 때 쓰는 가면에 불과해.

리제트 그렇다면 두 얼굴의 사나이!

실비아 또 레앙드르란 남자를 보렴. 그는 화를 내지도 않지만, 웃지도 않아. 말도 별로 없지. 냉정하고 다가가기 어려운 사람이라구. 그의 아내는 아는지 모르는지 무관심할 뿐이야. 그녀는 단지 그를 둘러싸고 있는 모든 것, 즉 서재와 테이블, 거기서 나오는 우울과 냉담과 권태를 사라지게 하는 외모와 결혼했을 뿐이야. 정말 재미있는 남편이란 존재하지 않아, 그렇지 않니?

리제트 아가씨 얘기를 이해할 수 없어요. 그럼 데상드르는요?

실비아 그래, 데상드르! 그는 언젠가 아내에게 화를 내고 있었지. 누군가 내가 그 집에 도착한 것을 알리자 아무 일 없었다는 듯, 부드럽게 날 맞이하는 그를 보았지. 정말 능청스러운 말을 하면서······. 그의 얼굴엔 웃음으로 가득 차 있었다구. 음흉한 남자! 남자들이란 다 그렇지. 그의 아내가 불쌍하다고 누가 생각이나 하겠니? 난 젖어 있는 그녀의 눈과 창백한 얼굴, 피로에 지친 모습을 보았어. 그건 아마도 미래의 내 모습이겠지? 그래, 그게 미래의 내 초상화야. 그녀의 복사판이 되고 싶지 않다구. 불쌍한 여자 같으니······. 리제트, 내가 너에게 그런 동정심을 유발한다면! 아, 끔찍해! 넌 그걸 보고 뭐라 할까? 아무튼 세상의 남편들은 다 그 모양이야.

리제트 남편? 그래요, 남편. 하지만 난 그 남편이란 말이 너무 매혹적인걸요.

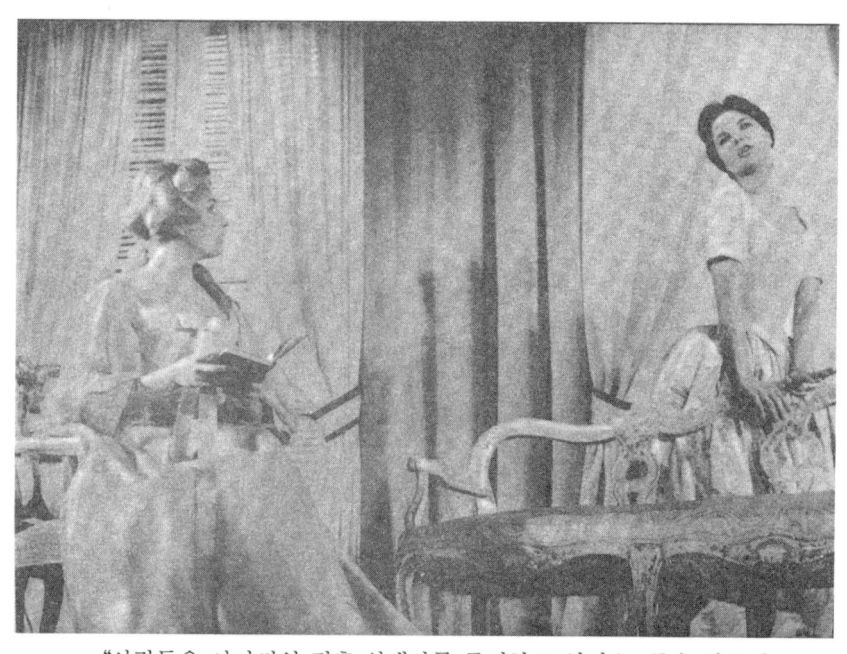

"사람들은 아가씨의 결혼 상대자를 존경하고 있어요. 좋은 가문에
상냥하죠, 재치 있죠, 착하죠, 칭찬이 자자하다구요."
안 카레르(실비아)와 클레르 뒤아멜(리제트), 아테네 극장(1960)

제2장 오르공, 실비아, 리제트

오르공   으음! 잘 있었니, 얘야! 내가 전한 소식 들었겠지. 들
          뜬 네 마음이 어떤지 몹시 궁금하구나. 네 약혼자가
          오늘 도착할 거야. 그의 부친이 편지로 그 사실을 알
          려왔더구나. 어, 왜 아무런 말이 없는 거니? 얼굴 표
          정도 밝지 않구나. 리제트! 너는 고개를 숙이고 있구
          나……. 무슨 일이라도 있는 거냐? 어서 말해 보렴!

리제트   주인마님, 아씨의 얼굴을 보세요. 저 공포에 떠는 듯
          한 얼굴, 침울하고 죽은 듯한 표정, 차갑게 얼어붙은
          영혼, 게다가 의기소침한 창백한 안색, 눈물로 퉁퉁
          부은 눈……. 그게 아가씨의 초상화지요. 지금 아가
          씨는 몹시 고민하고 있답니다.

오르공   대체 그게 무슨 말이냐? 얼어붙은 영혼이라니? 초상
          화는 또 뭐고? 말을 좀 해봐. 답답하구나.

실비아   리제트에게 남자에게 학대받는 여자의 불행이 뭔지
          말해 주었어요. 남편과 심하게 싸운 나머지 피폐해
          진 데상드르의 아내에 대해서요. 저는 언젠가 그런
          그녀의 모습을 보고, 결혼에 대해 다시 생각하게 되
          었어요.

리제트   그렇습니다, 나리. 우리는 남자의 겉모습에 대해 얘
          기했어요. 겉으론 가면을 쓰고, 아내에겐 온갖 찌푸

린 얼굴로 대하는 남편에 대해서……

오르공 아, 그랬었구나. 네가 도랑트란 청년을 잘 몰라서 그래. 그러니 결혼에 대해 걱정할 수밖에……

리제트 첫째는 그가 잘생겼다는 점이죠. 그게 나쁘다는 거예요.

오르공 그게 나쁘다구! 나쁘다니, 무슨 잠꼬대 같은 소리냐?

리제트 저는 들은 바대로 나리께 고하는 겁니다. 아가씨의 말씀이라구요.

오르공 자, 자……. 조금도 문제될 것 없다. 오, 내 사랑하는 실비아! 이 애비가 얼마나 사랑하는지 알지? 도랑트는 너와 결혼하러 오는 거야. 최근 지방 여행을 마치고 돌아와서 내 측근이자 오랜 친구인, 그의 아버지와 이번 결혼을 결정했단다. 물론 너희 둘 모두를 만족스럽고, 기쁘게 한다는 조건에서지. 그리고 결혼의 최종 결정은 두 사람의 의사에 달렸어. 네 생각을 최대한 존중할 셈이야. 도랑트가 결혼 상대자로 어울리지 않는다면 어서 그 이유를 말해 보렴. 그 사실을 알게 되면 그는 곧 되돌아가겠지. 마찬가지로 네가 그의 맘에 들지 않아도 그는 결혼을 포기할 것이다.

리제트 오페라에서처럼, 결혼을 결정하려는 사랑의 이중창 같아요. 당신이 나를 원하고 내가 당신을 원하니 빨리 공증인을! 또는 당신은 날 사랑하나요? 아니오!

나도 아니에요. 그러니 어서 말을 타고 떠나세요!

오르공 나는 도랑트를 본 적이 없단다. 내가 그의 아버지 저택에 갔을 때 거기 없었지. 하지만 사람들 말을 들어 보면, 너희 두 사람이 딱 어울리는 한 쌍이 되리라 의심하지 않는다.

실비아 아버지의 배려 고맙습니다. 제게 그토록 신경을 쓰시다니……. 저는 전적으로 아버지의 의사를 따르겠습니다.

오르공 그래, 이 애비의 뜻을 따르면 좋겠구나.

실비아 하지만 감히 말씀드리건대, 불현듯 스치는 생각 하나를 제안하겠어요. 그건 불안한 제 마음을 안심시키는 은총이 될지도 몰라요.

오르공 말해 보렴. 가능한 일이라면 동의하마.

실비아 매우 그럴듯한 일이에요. 그러나 그게 아버지의 인자함에 오만함으로 비치지나 않을까 두려워요…….

오르공 음, 오만함이라……. 하기야, 세상을 살다 보면 그토록 친절해도 그 도가 지나치다고 말하는 법은 없겠지…….

리제트 그런 남자들 중 주인마님은 으뜸가는 분이시죠.

오르공 자, 그러니 어서 말해 보렴.

실비아 도랑트가 오늘 우리 집에 도착하겠죠. 그가 오면 몰래 그의 말과 행동을 관찰해 보고 싶어요. 리제트는 재치가 있으니 얘가 잠시 내 역할을 하고, 그동안 저는 하녀가 돼 보는 거예요.

오르공   (혼잣말로) 기발한 생각이로군. (큰 소리로) 그 제안
        에 대해 좀 생각해 보자꾸나. (혼잣말로) 이 놀이를
        허용하면 정말 흥미진진한 일이 벌어지겠구나. 도랑
        트가 내 딸을 알아보지 못할 것이고, 또 리제트에 대
        한 도랑트의 태도는…… 하하하. (큰 소리로) 얘들아,
        그렇게 해보렴. 너희들의 변장놀이를 허락하마. 리
        제트, 너 역시 그런 연기를 잘할 수 있겠지?

리제트   주인마님은 제가 누군지 잘 알고 계시죠. 어디, 귀부
        인이 된 절 유혹해 보세요. 체면일랑은 다 잊어버리
        시고……. 저의 반응과 태도가 그럴듯한지, 나의 연
        기가 귀족의 고상함을 보여 주는지……. 그리고 주
        인님 생각을 말해 주세요.

오르공   나 역시 감쪽같이 속아넘어가야 해. 낭비할 시간이
        없구나. 자, 어서 가. 변장을 위한 만반의 준비를 해
        야지. 도랑트가 곧 도착할 거야. 서둘러라. 그리고
        가족들에게 이 사실을 알리렴.

실비아   내게는 앞치마가 필요해.

리제트   전 화장하러 가야겠어요. 아가씨의 역할에 익숙해지
        기 위해서……. (실비아 흉내를 내며) 리제트, 내 머리
        를 예쁘게 빗겨 주렴. 너의 도움이 필요해. 자, 어서
        가자.

실비아   아가씬 만족하실 겁니다. 후작부인님, 가시지요.

제3장 마리오, 오르공, 실비아

마리오　실비아, 네 소식 들었다. 어디, 네 약혼자가 도착한 다니 보러 가야겠구나.

실비아　그래요, 오빠. 난 지금 바빠요. 중대한 일이 생겼단 말예요. 아버지가 오빠에게 모든 걸 얘기하실 테니 그리로 가봐요. 자, 그럼 이만.

제4장 오르공, 마리오

오르공　자, 서둘러라, 마리오. 네가 할 일이 뭔지 말해 주마.

마리오　무슨 새로운 일이라도 있나요?

오르공　무엇보다도 먼저 내가 말하는 것은 절대 비밀이니 그리 알아라.

마리오　아버지 말씀에 따르겠습니다.

오르공　오늘 도랑트가 도착할 것이다. 하지만 우리가 만나게 될 그의 모습은 변장한 것임을 명심하거라.

마리오　변장이라니오! 가장무도회라도 하는 겁니까? 그를 위해 무도회를 열어 주시다니오?

오르공　그의 부친이 내게 보낸 편지다. 몇 구절 읽어 주마. 으음……. "부탁하건대, 내 아들의 기발한 생각을 한번

고려해 주게나. 아들도 그 점을 인정하듯이 좀 우스꽝스럽긴 하지만……. 그러나 그 동기는 충분히 용서받을 만하고, 심지어 사려 깊기까지 하다네. 아들은 자네 집에 하인 차림으로 갈 것이네. 아들과 하인이 역할을 바꾸어 갈 것을 허락해 달라는 부탁이네……."

마리오 아! 아! 그거 재미있겠군요.

오르공 나머지 부분도 들어 보렴……. "내 아들은 그런 연기가 얼마나 신중한 태도를 요하는지, 그리고 꼭 지켜져야 하는 약속인지를 알고 있다네. 그는 계획이 끝날 때까지 변장한 모습으로 있기를 원하네. 아들의 의사대로 원만히 진행된다면 그는 자신의 결혼을 결정하는 일과 미래의 삶에 대해, 무엇보다도 미래 배우자의 성품을 잘 파악할 걸세. 물론 난 자네의 사랑스런 딸을 신뢰하고 있지. 아들은 내게 이 모든 것을 비밀로 해줄 것을 부탁했지만, 자네에게만 살짝 귀띔한다네. 물론 아들도 이 점에 동의했네. 어쨌든 이걸 기회로 내 아들의 면면을 살펴보도록 하게……." 자, 편지 내용은 이런 식이야. 또한 네 누이 역시 미래의 남편감인 도랑트가 어떤 인물일까 불안해하고 있어. 그앤 이런 내막도 모르고 내게 똑같은 코미디를 제안했단 말야. 참, 일이 묘하게 꼬여 가는구나. 하하하. 마치 도랑트가 그 애를 관찰하고 싶어하는 것처럼……. 네 생각은 어떤지 말해 보렴. 이보다 더 흥미있는 있이 있겠니? 이미 네 누이와 하녀는 그런 연기에 몰입하고 있어. 얘야, 무슨 기발한 아이디어라도 있니? 실비아를 위해서 말야. 그 애에게 이 사실을 알리는 게 좋은지 어떤지?

마리오 물론 비밀을 지켜야지요, 아버지. 무슨 일이 발생하든 그들을 훼방해선 안 될 겁니다. 저 역시 그들 각자의 계획을 존중하겠어요. 변장한 상태에서 서로를 관찰하는 일이란 얼마나 재미있고, 얼마나 유익할까……. 그들이 상대방의 어떤 것에 가치를 둘지 두고 보죠. 아마도 도랑트는 하녀 역할의 실비아를 좋아하게 될 겁니다. 그렇게 되면 실비아 역시 도랑트에게 맘이 쏠리겠죠.

오르공 그 애가 어떻게 처신할지 정말 궁금하구나.

마리오 흥미진진한 모험이 한바탕 벌어지겠군요. 전 그 두 사람의 신경전을 구경할 참입니다. 하하하…….

제5장 실비아, 오르공, 마리오

실비아 자, 어때요 아버지. 하녀로서 어울리지 않나요? 오빠, 내 모습이 어색하지 않아요? 그럴듯하죠?

마리오 정말 그럴듯해. 그만하면 상대의 하인이 넋이 빠지겠구나. 하지만 넌 네 여주인에게서 도랑트를 빼앗아 와야 하는데…… 그럴 수 있을까…….

실비아 솔직히 말해, 하녀 역을 하면서도 그 사람의 마음에 들게 하는 것…… 싫진 않아요. 그와 나 사이에 신분의 차이가 있음에도 그의 맘을 사로잡을 수만 있다면 정말 멋진 일이 될 거야. 그의 얼빠진 모습이란…… 상상만으로도 유쾌하다구요. 나의 매력이 그 정도로 놀랍단 말인가…? 호호. 얼마나 기쁜 일일까요? 오히려 나에 대한 호감과 매력은 그의 맘을 관찰하는 데 유리하죠. 그의 하인 역시 내게 사랑의 눈초리를 보낸다면……. 호호. 나중에 있을 그의 탄식이란……. 하하하. 그는 감히 내게 접근할 수도 없을 테니깐. 내 외모는 무언가 하인에게 사랑보다 존경심을 불러일으킬 거예요.

마리오 좀 부드럽게 대하거라. 아무리 하인이지만 혹시 아니? 그도 좋은 인품을 타고났을지…….

오르공 그리고 틀림없이 널 사랑할 거야.

실비아 하지만 하인을 기쁘게 만드는 존경심도 내겐 아무런 쓸모가 없을 텐데……. 그리고 하인들이란 으레 신중하지 못한 법. 또한 사랑은 수다스럽게 만든다구요. 그리고 난 그의 주인에 대해 물어봐야지.

하 인 주인마님, 손님이 도착했습니다요. 여행 가방을 든 하인과 함께…….

오르공 모시거라. (혼잣말로) 아마도 마차 안에 머물러 있는

자가 도랑트의 하인이렸다, 흐음. 리제트는 어디 있
느냐?

실비아   리제트는 거울 앞에서 몸치장을 하고 있어요. 아마
도 신중하지 못한 그녀가 도랑트를 잘 맞이할지
……. 그녀의 준비는 곧 끝날 거예요.

오르공   조용히! 그가 온다.

제6장 하인이 된 도랑트, 오르공, 실비아, 마리오

도랑트   오르공 씨 계십니까? 그분을 뵈러 왔습니다만.

오르공   그래, 내가 바로 오르공일세.

도랑트   경께서는 틀림없이 우리가 오리란 소식을 받으셨을
것입니다. 저는 도랑트 씨 하인이고, 그분을 모시고
왔습니다. 그분은 당신을 무척 존경하시고, 그 예우
로 절 먼저 보내셨습니다.

오르공   자네의 심부름하는 태도가 꽤 품위 있어 보이는군,
그래. 얘야, 리제트. 이런 남자에게 무슨 말로 응수
하는 게 좋겠니?

실비아   주인마님, 그의 태도는 환대받을 만합니다. 장래가
촉망된다고나 할까요.

도랑트   당신은 참 친절하시군요. 저 역시 가능한 최선을 다

하겠습니다.

마리오   정중한 태도로군. 촌스럽지 않아……. 리제트, 네 마음을 잘 붙잡아야 할 거야.

실비아   제 마음이라니요! 그런 황당한 말씀을…….

도랑트   괘념치 마세요, 아가씨. 도련님 말씀에 전 조금도 개의치 않을 테니까요.

실비아   겸손하시군요. 말씀 계속하세요.

마리오   놀라운데…! 하지만 이 친구가 널 아가씨라 부른 건 좀 지나치군. 자네들과 같은 신분에서 칭찬하는 말이 그렇게 중요하진 않지만, 그래도 격식을 차리는 게 좋겠지……. 음. 그래 좀더 편하게 대하렴. 이쪽은 리제트. 자네의 이름은?

도랑트   전 부르기뇽이라고 합니다.

실비아   아, 부르기뇽, 그럼 그렇게 부르죠.

도랑트   리제트와 잘 어울리지요. 그래도 역시 전 당신의 하인이 될 겁니다.

마리오   당신의 하인이라니! 그런 말투는 별로 어울리지 않는데……. 너의 하인이라고 해야지.

오르공   아! 아! 아! 그만들…… 해라, 그만들 해!

실비아   (마리오에게 낮은 목소리로) 오빠 날 놀리고 있어요.

도랑트   말 트는 것을 허락해 줘요, 리제트.

실비아   네 마음대로 하렴, 부르기뇽. 말을 트고 하니 주인님들도 즐거워하는 것 같아. 냉랭한 분위기도 사라져 버렸어.

도랑트 고마워, 리제트. 난 네 의사를 존중해. 앞으로 그렇게 말할게.

오르공 애들아, 좀 용기를 내거라. 니들이 서로 사랑하게 되면, 그 까다로운 예절은 필요없으니까 말야.

마리오 오! 잠깐. 서로 사랑하는 것, 그건 문제가 달라. 넌 아마도 내가 리제트를 좋아하는 걸 모르고 있을 테니. 그 사실을 밝히는 게 좀 잔혹하기는 하지만 말야. 그건 현실이야. 난 부르기뇽의 연적이 되는 걸 원치 않아.

실비아 진심인가요? 아니, 갑자기 왜 그런 말씀을 하시나요? 전 부르기뇽의 사랑을 원한다구요.

도랑트 부르기뇽의 사랑? 그렇게 말하는 건 옳지 않아. 아름다운 리제트……. 스스로 하녀 취급을 받기 위해 맘에도 없는 말을 할 필요는 없어.

마리오 부르기뇽, 자넨 어디서나 그런 아양 떠는 말을 남발하나?

도랑트 도련님 말씀이 맞아요. 그녀의 눈빛이 그걸 대변하고 있으니까요.

마리오 조용히 하라니까……. 더는 못 참겠는걸. 너의 그 재치 넘치는 말을 중단시켜야겠어.

실비아 도련님 덕분에 그는 더 이상 말도 못 꺼낼걸요. 그가 제 눈 속에서 아름다움을 발견한다면 바라보는 걸로 족할 테니까요.

오르공   아아아……. 그만. (마리오에게) 얘야, 네가 졌다. 이
　　　　제 나가자꾸나. 곧 도랑트가 올 거야. 네 동생에게 알
　　　　리거라. 그리고 리제트, 너는 이 청년에게 주인의 방
　　　　을 보여 드려. 자, 그럼, 부르기뇽 다음에 보세.

도랑트   너무 과분하게 대해 주셔서 감사합니다, 주인마님.

제7장 실비아, 도랑트

실비아   (혼잣말로) 정말 코미디를 하고 있군. 그러나 개의치
　　　　말아야지. 모든 걸 유리하게 이용하면 되니까. 근데
　　　　이 남자, 보기보다 괜찮은걸. 그렇다고 그가 만날 하
　　　　녀, 리제트를 동정할 필요는 없어. 이 사람이 지금 내
　　　　게 감언이설을 늘어놓고 있는 것일 테니까. 그래 하
　　　　나라도 더 알아내려면 계속 떠벌리도록 내버려둬야
　　　　겠어.

도랑트   (혼잣말로) 이 여자가 날 놀라게 하는데……. 이렇게
　　　　미인이고 잘난 여자는 난생 처음이야. 한번 진하게 사
　　　　귀어 볼까? (큰 소리로) 우리 서로 말 놓기로 했으니
　　　　격식 따위는 집어치웁시다. 리제트, 어디 말해 보시
　　　　지. 안주인도 너처럼 그렇게 고귀한 자태를 지녔니?
　　　　너 같은 하녀를 데리고 있으니 굉장한 분이겠구나!

실비아   부르기뇽, 지금 내게 하는 질문은 그냥 한번 해본 소리지? 괜히 내게 추근대려고 하는 말……. 그렇지? 진실이 아니지?

도랑트   저런, 저런……. 솔직히 고백하건대 아무런 의도도 없어. 난 아직 어떤 하녀들과도 심각한 관계를 가져 본 적이 없다구. 하지만 넌 예외야. 왜냐하면 너의 미모가 날 사로잡고 있거든. 겁날 정도로 말이야. 내가 과연 너와 같은 하녀와 친해질 수 있을까……. 그렇지만 너와 말을 트기로 했을 때 스스로 맹세했지! 나도 언젠가 이 하인의 모자를 벗어야지 하고……. 아무튼 난 널 웃기게 하려고 경의를 표하고, 어른 흉내를 낸 거야. 그런데 공주의 자태를 지닌 넌 도대체 어떤 하녀니?

실비아   뭐라고? 하기야 나를 본 하인들은 누구나 그렇게 말하고 있지.

도랑트   비록 귀족이 그런 말을 했다고 해도 놀라운 일이 아니야.

실비아   참 재치 있는 말이군. 반복해 말하지만 난, 그런 옷차림을 하고, 늘어놓는 아첨은 안중에도 없다는 걸 알아둬.

도랑트   이를테면 나의 옷차림이 마음에 들지 않는다는 거니?

실비아   그래, 부르기뇽. 사랑일랑은 집어치우고 그냥 좋은 친구로 남자.

도랑트　뭐라고? 그 제안은 두 가지 이유 때문에 불가능해.

실비아　(혼잣말로) 아니, 이런 하인배가 있나! (큰 소리로) 하지만 그럴 수밖에 없어. 너 같은 조건의 남자와 결코 결혼할 수 없음을 명심해 둬. 나 스스로 그렇게 맹세했다구.

도랑트　그래! 재미있는 일이구나. 너의 맹세는 마치 내가 여자에게 맹세한 것과 흡사해. 난 말이야, 너와 같은 조건의 여자를 진정 사랑하리라 맹세했거든. 하하하…….

실비아　그런 식으로 네 멋대로 말하지 마.

도랑트　난, 내가 맹세한 것에서 크게 벗어나지 않을 테야. 그리고 사람은 누구나 예기치 않은 상황에 놓이게 될 경우도 생기는 법이지.

실비아　아아아! 비록 큰 대가를 요한다고 해도 너의 그 달콤한 찬사는 정말 고맙구나!

도랑트　그렇다면 사회적으로 출세한 사람을 찾아보렴. 나에게 복수하는 뜻에서…….

실비아　(혼잣말로) 바로 이 사람이 그런 남자야. (큰 소리로) 하지만 나와는 아무런 상관도 없는 일……. 이제 농담은 그만하자. 그런 좋은 조건의 남자가 나와 결혼할 것이란 예언을 해도 내 생각은 변함없어.

도랑트　그럼! 내가 그 예언의 상대라면 어쩔래? 그렇게 될까봐 두렵기라도 하니? 하지만 난 점성술은 믿지 않

아. 오히려 네 얼굴을 믿고 있지.

실비아 (혼잣말로) 도대체 이 친구의 말이 끝나지를 않는구나. (큰 소리로) 이제 그 얘기는 그만두자. 비록 그 예언이 널 그렇게 몰고 가 네게 중요하다고 해도 말이야!

도랑트 내가 널 사랑하지 않을 거라는 예언은 하지 않았다구.

실비아 그래, 하지만 네가 결코 성공하지 못할 거라는 예언은 했지. 은연중에 말야. 그걸 확신할 수 있어.

도랑트 너 정말 대단하구나, 리제트. 그 놀라운 자존심이라니……. 그런 태도가 날 형편없이 추락시켜도 너와 함께 있는 게 행복해. 너를 보자마자 그런 생각이 들었어. 오, 나의 희망, 오, 너의 아름다움! 그래, 네가 이겼다! 나로서는 패배한 마음이나 달래야겠는걸?

실비아 (혼잣말로) 좀 만족스럽지는 않아도 이 남자에게 정말 놀라운 구석이 있어……. (큰 소리로) 내게 말할 수 없니? 넌 누구니? 그렇게 재치 있게 말하는 너는 대체 누구야?

도랑트 부자는 아니지만 정직한 사람의 아들.

실비아 난, 지금의 네가 최선의 상황이길 바라. 진실로……. 내가 널 도와 줄 수 있다면 좋으련만……. 아, 운명은 언제나 이런 법.

도랑트 사랑과 운명의 잘못된 만남이라……. 그래 세상의 모든 재물로써 네 마음을 살 수 있다면 얼마나 좋을까. 이건 사랑과 운명의 장난이야.

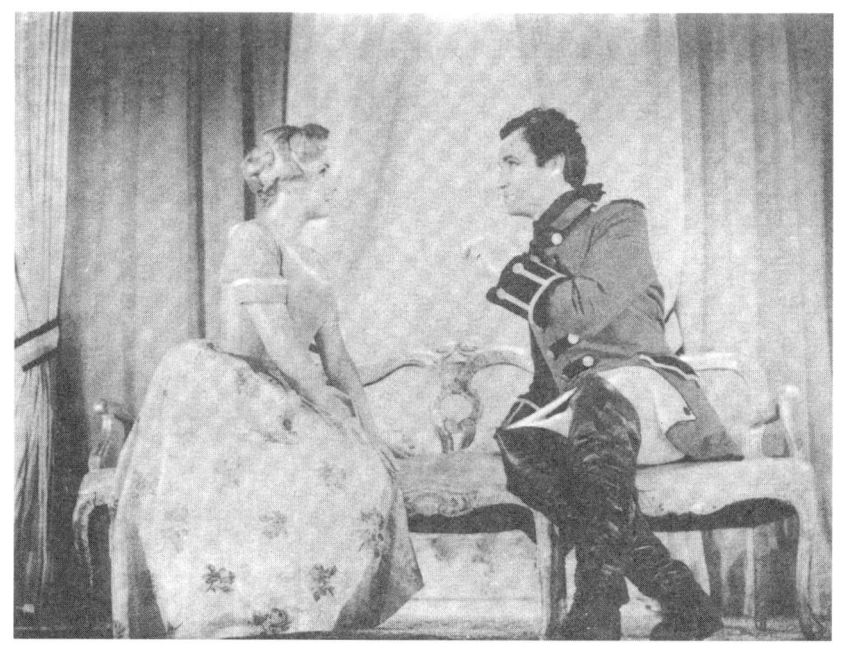

"사랑과 운명의 잘못된 만남이라……. 그래 세상의 모든 재물로써
네 마음을 살 수 있다면 얼마나 좋을까."
안 카레르(실비아)와 앙드레 우만스키(도랑트), 아테네 극장(1960)

실비아 (혼잣말로) 다행스럽게도 이제야 격에 맞는 대화를 하게 되었군. (큰 소리로) 이봐, 부르기농. 이런 얘기는 날 화나게 만들어. 이젠 화제를 바꾸자. 네 주인에게 가보자구. 그러면 사랑과 운명 타령 따윈 할 필요 없을 테니. 안 그래?

도랑트 부탁이야. 나로 하여금 사랑의 감정이 일어나지 않도록 해줘.

실비아 아! 정말…… 지나치군. 더 이상 참을 수 없어. 다시 한번 말하는데 사랑 운운하지 마.

도랑트 그 예쁜 얼굴은 어디서 나왔을까!

실비아 (혼잣말로) 이 남자 참으로 모를 사람이야…… 어쨌든 날 점점 흥미롭게 만드는걸……. (큰 소리로) 자, 부르기농, 그만 끝낼까? 내가 먼저 떠나야겠어! (혼잣말로) 벌써 이 자리를 떴어야 하는 건데.

도랑트 잠깐만, 리제트. 네게 뭔가 할 말이 있었는데……. 아, 어째 기억이 나질 않는단 말야.

실비아 나 역시 마찬가지……. 그러나 네가 그 생각을 사라지게 만들었어.

도랑트 아, 그래 생각났어. 너의 아가씨도 너처럼 품위 있고, 매력 있고, 미인이니? 그게 궁금해!

실비아 빙글빙글 돌려서 다시 원위치로 오려고 하는구나! 잘 있거라!

도랑트 아! 아니야, 내가 너에게 묻는 건, 리제트, 그건 말야, 나의 주인님과 관계된 일이라구.

실비아 그럼, 좋아! 나 역시 너의 주인에 대해 묻고 싶어. 그
분이 어떠한지 살짝 내게 귀띔해 줄 수 있겠니? 네
인상을 보니 꽤나 미남이고 성실할 듯한데……. 훌
륭한 인물임엔 틀림없겠지?

도랑트 네가 지금 한 말에 대해 감사의 표시를 해도 될까?

실비아 내가 상상한 말에 무슨 의미라도 부여하려고?

도랑트 여전히 날 압도하는 대답들뿐인걸! 네 맘대로 생각
하렴. 난 이제 아무런 저항도 할 수 없어……. 그리
고…… 난 이 세상에서 가장 불행한 남자, 사랑의 포
로가 되었다네.

실비아 너의 그런 말투가 얼마나 달콤한지……. 그런 말을
들려줘서 고마워. 정말 이상한 일이기도 하군.

도랑트 네 말이 맞아. 우린 지금 특별한 경험을 하고 있는
거야.

실비아 (혼잣말로) 이 사람이 왜 이렇게 내 맘을 들뜨게 하는
걸까? 그의 말을 아무리 들어도 지겹지 않으니 말이
야. 그러나 안 돼! 이런 시작은 불행의 씨앗일 뿐. 난
아직 사랑을 시작해 보지도 않았어. 그러니 있을 수
없는 농담으로 치부해 버리자. (큰 소리로) 자, 그럼
안녕!

도랑트 하지만 방금 우리가 말하려 했던 것을 마무리해야지.

실비아 안녕이라고 말했잖아. 그만 집어치우자고. 네 주인

이 오면 어떻게 해서든 우리 아가씨를 위해 그분을
정확히 관찰해 봐야겠어. 그동안 넌 네 방을 둘러보
렴. 너의 거처니까.

도랑트　아, 주인님이 오시는구나!

제8장　도랑트, 실비아, 아를르캥

아를르캥　아! 자네와 옷가방이 여기 있었군, 부르기뇽! 그래
　　　　　　대우를 잘 받았겠지?

도랑트　물론입니다, 도련님. 불친절은 상상할 수도 없는 일
　　　　　이죠.

아를르캥　이 집 하인이 이쪽으로 가라고 하더군. 장인될 사람
　　　　　　과 내 여자가 여기 있다고 하던데.

실비아　오르공 씨와 그 따님을 말씀하시나요, 도련님?

아를르캥　아! 그래, 나의 장인과 나의 아내 말이야. 난 결혼하
　　　　　　려고 왔거든. 그리고 그들은 날 사위로 맞으려고 기
　　　　　　다리고 있을 거야. 그렇게 하기로 약조를 맺었지. 예
　　　　　　식만 남았단 말이야, 어흠. 하지만 그런 예식은 하찮
　　　　　　은 일에 불과하지.

실비아　그러나 세상은 그 하찮은 일에 의미를 부여한다구요.

아를르캥　그래, 하지만 일반적으로 결혼이 결정되면 더 이상
　　　　　　결혼식은 중요하지 않은 법이지.

실비아 (도랑트에게 귓속말로) 부르기뇽, 저 사람이 도련님 맞아? 말투가 왜 저래? 너무 품위가 없는 귀족이군 그래.

아를르캥 내 하인과 무슨 밀담을 나누느냐, 어여쁜 색시야?

실비아 아, 아무것도 아닙니다…… 단지 오르공 경을 모시러 간다고 했을 뿐입니다.

아를르캥 근데 넌 왜 그분을 장인이라고 호칭하지 않는 거냐?

실비아 아직 장인이 아니니까요.

도랑트 그녀가 옳습니다, 도련님. 아직 혼례를 올리지 않았으니까요.

아를르캥 난 여기 결혼하러 왔지 않니?

도랑트 그때를 기다리십시오.

아를르캥 틀림없어! 오늘 밤 아니면 내일 장인이 될 거야.

실비아 사실, 그렇군요. 결혼한 거랑 안한 거랑 무슨 차이가 있겠어요? 그래요, 도련님. 제 표현을 정정하겠습니다. 장인어른께 당신의 도착을 알리겠어요.

아를르캥 그리고 내 아내에게도 알려 줘. 부탁한다. 잠깐, 가기 전에 한 가지만 물어보자. 너 참 예쁘구나. 이 집의 하녀가 맞니?

실비아 당신의 말씀대로죠.

아를르캥 그래 대답 한번 잘했다! 이렇게 기쁠 수가……. 즐거워하는 이 모습이 어떠냐? 그리고 네가 보기에 난 어떠냐?

실비아 당신을…… 뵙게…… 되어…… 기쁘군요.

아를르캥 좋아, 잘됐구나! 그 기분을 고이 간직하렴. 언젠가
　　　　　 쓰일 날 있으리라, 어흠.

실비아 　참으로 친절하시군요. 하지만 전 가봐야 해요. 당신
　　　　　 의 장인을 모시고 와야죠. 벌써 오셨을 것을…….
　　　　　 자, 그럼 물러갑니다.

아를르캥 내가 그분을 애타게 기다리고 있다고 전해라.

실비아 　(혼잣말로) 참으로 알 수 없는 운명이로군! 저 두 남
　　　　　 자를 보면 각자 자신의 신분과 어울리지를 않아! 이
　　　　　 런 기이한 일이…!

제9장 도랑트, 아를르캥

아를르캥 도련님, 시작이 너무 멋져요. 벌써부터 하녀가 제 마
　　　　　 음에 쏙 들어와요.

도랑트 　이 멍청한 녀석!

아를르캥 왜 그러세요, 도련님? 제 연기가 맘에 안 드시나요?
　　　　　 귀족답게 행동했는데…….

도랑트 　어리석고 상스러운 말투는 쓰지 않기로 약속해 놓
　　　　　 고! 그렇게 열심히 가르쳐 주었는데! 무슨 태도가 그
　　　　　 러냐? 좀 진지하도록 부탁했건만! 네 녀석을 믿다니
　　　　　 너무 경솔했어.

아를르캥 다음에는 더 잘할게요. 그런데 그 진지한 태도가 익

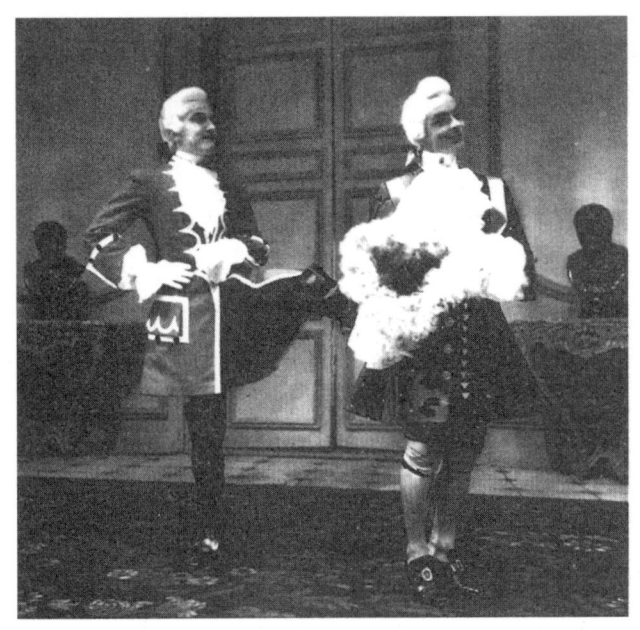

"이 멍청한 녀석!"
피에르 갈롱과 장 폴 주시옹, 코메디 프랑세즈(1955)

숙하지 않아 어렵다구요……. 뭐 꼭 그래야 한다면 우울한 척하든지 울먹이든지 하지요.

도랑트   일이 어떻게 진행되어 가는지 알 수가 없어. 정말 이 위험한 모험이 혼란스럽기만 하군. 내가 뭘 어떻게 해야 하는 거지?

아를르캥 그녀는 정말 매력적인가요?

도랑트   조용히 해! 오르공 씨가 오고 있어.

제10장 오르공, 아를르캥

오르공   귀하신 손님, 기다리게 해 몸둘 바를 모르겠소. 하지만 난 당신의 도착 소식을 듣자마자 이곳으로 달려오는 길이오.

아를르캥 몸둘 바를 모르겠다니오? 좀 과하시군요. 어쩌다 한 번 실수를 했다면, 한번의 용서로 끝나는 법이지요. 게다가 제게 용서받을 일이 생긴다면 모두 당신께 맡기겠습니다.

오르공   그럴 일이 생기지 않았으면 좋겠소만.

아를르캥 당신은 주인이고, 저는 당신의 하인일 뿐입니다.

오르공   당신을 만나게 되어 정말 기뻐요. 참으로 오랫동안 기다려 왔습니다.

아를르캥 무엇보다도 제 하인 부르기뇽과 함께 뵈었어야 하는

건데……. 여행을 하다 보니 옷차림이 엉망진창입니
다. 좀더 깨끗한 차림으로 나타나야 하는 건데…….

오르공 너무 심려치 마시지요. 딸아이도 지금 옷을 갈아입
고 있는 중입니다. 그 애가 몸이 좀 불편했거든요.
기다리는 동안 뭘 좀 마시겠습니까?

아를르캥 아! 좋지요. 한잔 술이라, 누구라도 건배할 용의가
있지요.

오르공 자, 그럼 이쪽으로 오시죠.

아를르캥 본디 호탕한 사람은 미식가인 법이죠. 어디 최고의
술을 마셔 봅시다.

오르공 최고의 술이라, 그것을 아껴둘 필요가 없지요.

제2막

제1장 리제트, 오르공

오르공   그래, 리제트 무슨 일이지?

리제트   주인님께 잠시 드릴 말씀이 있어서요.

오르공   무슨 문제지?

리제트   지금 돌아가는 상황에 관해서요. 나중에 주인님이 제게 불평하지 않으시려면, 몇 가지 사실에 대해 분명히 해두는 게 좋을 듯해서요.

오르공   그래, 심각한 거냐?

리제트   예, 아주 심각해요. 주인님께선 아가씨의 변장을 승낙하셨지요. 저 역시 대수롭지 않게 생각했답니다. 그러나 그건 너무 큰 실수였어요.

오르공   그래 어떤 결과를 초래했다는 거야?

리제트   주인님, 아가씨와 제가 서로 역할을 바꾸어 행동한 것은 너무나 혼란스러운 일이었답니다. 그렇지만 주인님의 분부대로 따른 것이……. 글쎄 말씀드리기 곤란한데…… 그만…… 주인님의 사위될 분이 아가씨보다 제게 더 마음이 있는 듯해서요. 가능하면 아가씨가 자신의 신분을 빨리 밝히는 게 좋을 듯……. 아무튼 시급하다구요. 하루가 더 지나면 더 이상 대처하기가 어려울 것 같아요.

오르공 뭐라구? 도랑트가 내 딸이 누군지 알게 되면 그 앨 더 이상 원하지 않을 수 있다는 말이냐? 넌 실비아의 매력을 의심하고 있니?

리제트 아뇨. 하지만 주인님은 제 매력도 만만치 않다는 걸 무시해서는 모르고 계세요. 지금 그분은 저의 매력에 완전히 도취되어 있다구요. 이대로 가다가는 무슨 사태가 벌어질지 몰라서 미리 알려 드리는 겁니다.

오르공 오, 리제트, 너의 매력을 내 모르는 바 아니다만 ……. (그는 큰 소리로 웃는다.) 하, 하, 하.

리제트 정말 야단났어요. 장난이 아니라니까요. 절 조롱하시나요? 사태를 그런 식으로 대하시다니 정말 화가 나요.

오르공 그렇게 화낼 필요 없단다, 리제트. 네 역할에만 충실하렴.

리제트 한번 더 말씀드립니다. 도랑트의 마음이 주체할 수 없이 제게 다가오고 있어요. 두고 보세요. 그가 날 사랑할지도 몰라요. 아마 그는 오늘 저녁 사랑을 고백할 것이고, 내일은 사랑의 열병에 빠질지 몰라요. 하지만 불행히도 전 그럴 자격이 없잖아요. 그것이 허망한 욕구라는 걸 알고 있어요. 주인님은 그것을 즐기고 계신지 모르겠지만, 틀림없이 심각한 일이 벌어질 테니 두고 보세요. 장차 그의 사랑은 내 몫이 될 테니까요.

오르공 그래, 그게 그토록 중요한 사건이란 말이냐? 그가 널 사랑한다면 그와 결혼하면 될 것 아니냐?

리제트 뭐라구요! 주인마님은 그걸 허락하시겠단 말씀이십니까?

오르공 물론이지. 네가 그 잘난 귀족을 이곳으로 데리고만 온다면…….

리제트 아마도 후회하실 텐데요. 지금까지 전 감정을 최대한 억제해 왔어요. 그저 도랑트의 비위에 맞췄을 뿐이죠. 만일 제가 마음만 먹는다면 상황이 어찌될지……. 그렇게 되면 더 이상 아무런 해결책도 없게 될걸요.

오르공 뒤집어엎고, 파괴하고, 불태우고 결국엔 결혼이라 ……. 네가 그럴 수만 있다면 모든 걸 허락하마.

리제트 이 상황에서 하녀라는 운명이 야속할 뿐…….

오르공 그런데 실비아는 뭐라더냐? 약혼자에 대해선 아무 말이 없더냐?

리제트 우린 지금까지 얘기할 기회가 전혀 없었어요. 왜냐하면 그 약혼자란 남자가 한시도 제 곁을 떠나지 않앉거든요. 하지만 얼핏 보기에 아가씨는 그 사람을 좋아하지 않는 듯했어요. 우울한 표정에 꿈꾸는 듯 보였어요. 아마도 거절의 의사 표시를 제게 부탁하는 듯했지요.

오르공 음. 좀더 지켜보자꾸나, 리제트. 실비아에게 직접 설명할 순 없지만…… 난 이 변장놀이를 좀더 지켜보고 싶구나. 실비아가 충분한 시간을 가지고 미래의 배우자를 살펴보도록 말이야. 그런데 그 하인은 어떻게 처신하고 있더냐? 내 딸을 좋아할 기미는 조금도 없던가?

리제트 엉뚱한 사람입니다. 제가 보기에 자기가 아가씨에게 중요한 사람인 척 행동했어요. 일이 진행되어 가는 걸 보고는 사랑의 탄식을 읊조리곤 했죠.

오르공 그런데 그게 실비아를 화나게 하더냐?

리제트 하지만…… 아가씨 얼굴이 붉어지던걸요.

오르공 어허, 그래! 네가 잘못 보았을 것이다. 하인의 시선이 그 정도로 실비아를 당혹스럽게 하진 않았을 게야.

리제트 주인님, 아가씨의 얼굴이 화가 나서 붉으락푸르락했다니까요!

오르공 그래, 몹시 화가 났겠지.

리제트 바로 그 도랑트와 말하는 동안에 말입니다!

오르공 하여간 그 애가 다소 화를 내거나 상기되어 있더라도 걱정 말거라. 그게 바로 나의 계략이니까. 저기 도랑트가 널 찾고 있구나.

제2장 리제트, 아를르캉, 오르공

아를르캉 아! 여기 있었군요. 멋쟁이 아가씨! 하인과 장인어른
모든 이들에게 아가씨 소재를 캐물었죠.

오르공 잘 있거라, 얘들아. 나 먼저 간다. 결혼하기 전 달콤
한 사랑의 밀어를 나누는 것도 좋은 일이지.

아를르캉 전 한번에 두 가지 일을 해낼 자신이 있어요.

오르공 참을성이 조금도 없는 친구로군. 자, 그럼…….

제3장 리제트, 아를르캉

아를르캉 장인어른이 나보고 참을성이 없다고 하시더군. 좀
지나친 말씀이야!

리제트 아버지가 당신을 그토록 기다리도록 하셨다니 믿기
어렵군요. 여기 오신 이후로 당신을 참을성 없는 사
람으로 만든 건 바로 그 사랑을 표현하는 말투 때문
이죠. 당신의 열정이 이렇게 강한 줄 몰랐어요. 갓
태어난 사랑이란 뜨거울 수밖에 없지만…….

아를르캉 오, 나의 생명이신 그대여……. 사랑은 오랫동안 요

람에 머물 수 없는 법……. 당신의 첫번째 눈길은 내 사랑의 불꽃이 되었으며, 두번째 눈길은 사랑의 동력이 되어 힘껏 날 밀고 갔으며, 세번째 눈길은 당신과 나를 이미 하나로 묶었다오. 그러니 어서 빨리 결혼합시다. 당신은 내 사랑의 메시아, 어서 사랑을 은총으로 보살피시길…….

리제트 　제가 당신의 사랑의 불꽃이라구요! 오, 너무 멋진 말…….

아를르캥 　사랑의 꽃이 피는 동안 좀더 날 기쁘게 해주는 뜻에서 당신의 희고 예쁜 손을 주시오.

리제트 　자, 귀여운 훼방꾼. 어떻게든 당신을 즐겁게 해주어야겠군요. 아, 날아갈 듯한 이 마음!

아를르캥 　(그녀의 손에 키스하며) 사랑스런 내 영혼의 장난감! 이 달콤한 포도주가 날 도취하게 만드네……. 이런 술을 조금밖에 맛볼 수 없다니 참으로 유감인걸…….

리제트 　자, 그만하세요. 당신의 열정이 지나치세요.

아를르캥 　난 말이오, 살아 있는 동안 내가 원하는 것만 하고 싶다오.

리제트 　하지만 이성적으로 행동하셔야죠.

아를르캥 　이성! 이런! 난 그런 걸 잃어버린 지 오래요. 당신의 아름다운 두 눈이 그걸 도둑질해 갔단 말이야.

리제트 　그런데 당신이 날 그토록 사랑하다니오? 도대체 그게 가능한 일인지……. 나로선 납득할 수 없다구요.

아를르캥 가능한지 어떤지는 개의치 않소. 난 당신을 미친 듯
　　　　　이 사랑하고 있으니까. 그리고 그 사실은 거울을 보
　　　　　면 알 수 있어요. 그 빛나는 두 눈과 아름다운 자태
　　　　　를 통해서 말이오.

리제트 거울은 의혹을 더욱 증폭시킬 겁니다.

아를르캥 아! 사랑스런 귀염둥이! 그 겸손은 결국 당신을 위선
　　　　　자로 만들 뿐!

리제트 누군가 이쪽으로 오고 있어요. 당신의 하인, 부르기
　　　　　놓이 와요!

제4장 도랑트, 아를르캥, 리제트

도랑트 주인님, 잠시 드릴 말씀이 있습니다만······.

아를르캥 안 돼! 못된 하인배 녀석! 도대체 그냥 내버려두질
　　　　　않는단 말이야.

리제트 그가 무슨 말을 하는지 들어 봐야죠.

도랑트 주인님께 꼭 드릴 말씀이 있어서······.

아를르캥 닥치라니깐. (리제트에게) 정말 저 녀석이 입을 열면
　　　　　내쫓아 버리겠소. 두고 보시오.

도랑트 (작은 목소리로 아를르캥에게) 어이, 이리 와 봐. 무례
　　　　　한 녀석!

아를르캥 (작은 목소리로 도랑트에게) 왜 욕을 하십니까? 그런

상스런 말은 쓰지 말라고 하구선……. (리제트에게)
오, 나의 여왕이시여, 잠깐 실례.

리제트　　그러세요, 그래요.

도랑트　　(작은 소리로) 모든 연기를 은밀하게 해야 돼. 들키지
　　　　　않도록 말이야. 불만이 있어도 진지하고 꿈꾸는 듯
　　　　　해봐. 알겠냐?

아를르캥　알았어요. 걱정 마세요. 자, 어서 가보시라니까요.

제5장 아를르캥, 리제트

아를르캥　아! 하인 녀석만 오지 않았다면 당신과의 달콤한 대
　　　　　화가 계속 이어졌을 텐데……. 너무나 아쉽구면. 멋
　　　　　진 사랑의 속삭임은 달아나고, 쓸데없는 말만 무성
　　　　　하구나. 하지만 머지않아 당신도 내 사랑에 동참하
　　　　　시겠죠?

리제트　　그러길 바랍니다.

아를르캥　당신 생각에 우리의 사랑이 빨리 이루어질 것 같소?

리제트　　질문이 너무 직설적이시군요. 저로선 너무나 당혹스
　　　　　럽습니다.

아를르캥　뭘 원하시오? 난 열정에 불타고 있소. 보시오, 이 활
　　　　　활 타오르는 불 속에서 호소하는 모습을…….

리제트　　나 역시 그렇게 바로 속마음을 드러낼 수 있다면 좋

으련만…….

아를르캥 당신도 솔직한 태도를 보일 수 있소.

리제트 여성다움이 그걸 허용하질 않는군요.

아를르캥 오늘날의 정숙함이란 그렇지 않아요. 모든 것을 허용해 주죠.

리제트 그럼 제게서 뭘 원하시나요?

아를르캥 조금이라도 날 사랑한다는 표시를 보여 주시오. 자, 어서…… 따라해 봐요. '난 당신을 사랑해요.' 자, 자……. 어서요, 공주님.

리제트 당신의 집요함은 끝이 없군요! 좋아요. 당신을 사랑해요.

아를르캥 아이구, 기분 좋아 죽겠는걸. 행복해서 넋이 나갈 것만 같구나. 미치겠어. 당신이 날 사랑하다니! 이런 감동적인 일이 어디 있단 말인가!

리제트 당신이 그렇게 빨리 경의를 표하시니 저로서는 놀라울 따름입니다. 하지만 우리가 서로를 알게 되면 사랑은 바람처럼 사라질지 몰라요.

아를르캥 아! 그럴 수도…! 우리가 모든 걸 알게 되면…… 그 순간 모든 걸 잃게 될까? 맞아……. 너무 큰 기대는 금물.

리제트 당신은 나의 본모습보다 더 많은 것을 기대하고 있어요. 안 그런가요?

아를르캥 당신도 역시 마찬가지일지 몰라. 내가 누구인지 알면……. 아 생각만 해도 끔찍하구나. 난 당신 앞에서 무릎을 꿇어야 할 겁니다.

리제트　우리가 운명의 주인이 아니라는 걸 기억하세요.

아를르캥　우리의 부모만이 지금의 이 사실을 알고 있을 테지.

리제트　내 마음은 당신이 어떤 상황에 있어도 당신을 선택할 것입니다.

아를르캥　여전히 나를 선택한다니, 아직은 내가 유리한 입장이로군.

리제트　당신도 나와 같은 심정인가요?

아를르캥　아, 저런! 물론이죠! 당신이 누구든 난 당신 손을 붙잡고 촛불을 켤 것이오. 또한 당신과 함께 술잔을 기울이며 당신을 영원히 나의 공주로 모실 것이오.

리제트　이 멋진 느낌이 오래도록 지속될 수 있다면…!

아를르캥　당신과 나 사이의 관계를 확실히 하기 위해 사랑의 맹세를 합시다. 비록 우리의 계산과 판단이 어긋난다고 해도.

리제트　그 맹세는 당신보다도 더 내 마음을 사로잡고 있어요. 그리고 꼭 지킬게요.

아를르캥　(무릎 꿇고서) 당신의 착한 마음씨와 아름다움이 날 사로잡고 있어요. 당신 앞에서 이렇게 무릎을 꿇습니다.

리제트　그만해요. 무슨 그런 태도를 보이세요……. 당신께 고통을 주고 싶지 않다구요. 누가 보면 얼마나 우스꽝스럽겠어요. 어서 일어나세요. 누가 옵니다.

제6장 리제트, 아를르캥, 실비아

리제트　무슨 일이니, 리제트?

실비아　드릴 말씀이 있어서요, 아가씨.

아를르캥　또 왔군! 이봐, 예쁜이, 잽싸게 돌아가! 어서! 우리 동
　　　　네에선 부르기 전에 하녀가 들어오는 법이 없다구!

실비아　도련님, 아씨께 드릴 말씀이 있어서요.

아를르캥　어허, 이런 고집 센 하녀 좀 보게! 내 인생의 여왕이
　　　　시여, 그녀를 돌려보내세요. 그리고 내 곁으로 오세
　　　　요. 결혼하기 전에 먼저 사랑을 나누는 순서가 있답
　　　　니다. 누구도 그걸 방해할 수 없죠.

리제트　리제트, 잠시 후에 다시 올 수 없겠니?

실비아　하지만 아가씨…….

아를르캥　하지만! 그 '하지만'이라는 말은 언제나 날 성질나
　　　　게 만들어.

실비아　(혼잣말로) 아! 고약한 남자 같으니! (큰 소리로) 아가
　　　　씨, 좀 시급한 문제라서…….

리제트　일을 좀 봐도 되겠어요?

아를르캥　할 수 없지. 저 못된 것이 그걸 원하니까. 역시 인내
　　　　심이 필요해……. 공주가 볼일을 끝내는 동안 산책
　　　　이나 해야겠어요. 아! 대체 하인들은 왜 그렇게 뭘
　　　　모르고 끼어들려고 하는지! 어리석은 자들!

제7장 실비아, 리제트

실비아 어서 저 사람을 내쫓지 않고 뭘 꾸물거리고 있니? 어찌 그런 무례한 자가 있단 말이냐?

리제트 저런! 아가씨, 전 한꺼번에 두 가지 역할을 할 수가 없어요. 주인이든 하녀든, 명령을 하든 명령에 따르든 한 가지 일만 할 수 있다구요.

실비아 좋아. 하지만 지금은 내가 주인이니 내 말을 잘 들어. 너도 알다시피 도랑트는 나와 조금도 어울리지 않아.

리제트 충분히 검토하신 결론인가요? 아직 시간이 있는데 ·······.

실비아 애, 무슨 말을 그렇게 하니? 나의 상대인지 아닌지 판단하는 데 한번 보면 아는 법. 두 번 다시 만날 필요가 없어. 한마디로 싫어. 아버지는 그에 대한 나의 불쾌감을 인정하지 않으실 테지. 그 역시 나를 피하고 있는 듯해. 이런 상황에서 무리 없이 날 빼내 줄 사람은 너뿐이야. 네가 그와 결혼할 마음이 없음을 은근히 알려주면서 말이야.

리제트 어떻게 해야 좋을지 모르겠어요, 아가씨.

실비아 어떻게 해야 좋을지 모르겠다니? 그게 무슨 소리니? 누가 널 방해하기라도 한단 말이냐?

리제트 주인님께서 비밀을 지키라고 하셨어요.

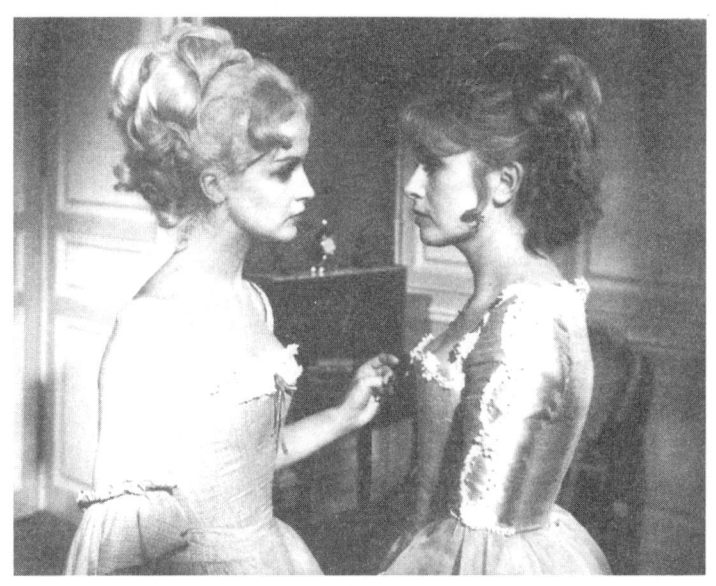

"저런! 아가씨, 전 한꺼번에 두 가지 역할을 할 수가 없어요. 주인이든 하녀든, 명령을 하든 명령에 따르든 한 가지 일만 할 수 있다구요."
프랑수아즈 지레와 다니엘 르브랭,
프랑스 국영 라디오텔레비전 방송국(1967)

실비아 아버지가? 아무튼 너의 태도가 영 맘에 들지 않는구나.

리제트 저로선 최선을 다한걸요.

실비아 좋아, 어쨌든 그 총각에 대한 나의 혐오감을 아버지께 전해 주렴. 그럼에도 불구하고 아버지가 일을 더욱 극단적으로 몰고 가신다면 다른 방도를 강구하는 수밖에……

리제트 하지만 아가씨, 전 모르겠어요. 뭐가 그렇게 불쾌하고 거북하다는 거죠?

실비아 그가 내 맘에 들지 않는다고 말했잖니. 너의 성의 없는 태도도 그렇고.

리제트 그가 어떤 사람인지 좀더 지켜봄이 좋을 듯해요. 아가씨께 필요한 건 바로 그것이니까요.

실비아 난 그 사람이 싫어. 시간이 흐르면 흐를수록 혐오감만 더 커질 뿐이야.

리제트 잘난 체하는 듯한 그의 하인은 어떤가요? 뭔가 착각속에서 아가씨를 어리둥절하게 하지는 않나요?

실비아 글쎄다! 그의 하인은 별 탈이 없는 듯한데……. 하인이니까.

리제트 나로선 그 하인도 믿을 수 없어요.

실비아 그래 인물평은 그만두자. 우리가 모두 만나 보았으니 그걸로 족해. 굳이 한마디 덧붙이자면, 그 하인이 말은 많이 하지 않았지만 오히려 총명하게 보인단 말씀이야.

리제트   제가 보기엔 그 사람이 자신의 재담을 늘어놓으려고
         서툰 얘기를 한 것처럼 보였어요.

실비아   나의 교양 있는 말솜씨에 혹시 변장한 내 모습을 눈
         치챈 건 아닐까? 그런들 누구를 원망하랴! 그 젊은
         이는 전혀 관여한 일이 아닌 것을. 혐오감은 다른 사
         람으로부터 왔어. 지금으로선 내가 그 면면을 올바
         르게 판단하는 일이 중요해. 그의 주인과 그 사이에
         오해가 있어선 안 되지. 그의 얘기를 듣고 있는 내가
         바보가 아니라면, 그를 터무니없는 사람으로 몰아세
         울 필요는 없어.

리제트   오! 아가씨가 그런 어조로 그를 옹호하시다니 놀라
         워요. 저로선 아무 말도 할 수 없어요.

실비아   내가 그를 옹호한다고! 또 나의 어조는 뭐가 어때
         서? 네 말의 진의는 뭐니? 아니, 내가 지금 뭔가에
         홀리기라도 한 건가……. 영 알 수가 없네.

리제트   아가씬 예전 같지 않아요. 그리고 화내시는 것도 이
         해할 수 없구요. 아무튼 좋아요. 그 하인이 별로 심
         각한 말을 하지 않았다니까요. 사태를 옳게 판단하
         려면 마음을 진정시키세요. 아가씬 지금 흥분하고
         계세요. 알 수 없지만 하인에게 호감을 갖는 게 뭐
         그렇게 큰 결함이 되나요?

실비아   아니, 얘가 무슨 말을 하고 있는 거야? 상황을 제멋대
         로 해석하고 있잖아! 분해서 눈물이 날 지경이로구나!

리제트   아뇨, 아가씨. 그럴 리가요? 하지만 제 말이 뭐 틀렸어요?

실비아   그래, 이제 알겠다. 그 하인을 두고 내가 너와 말싸움을 하고 있구나. 그래 어쩔 테냐? 난 그에게 호감을 갖고 있어! 그 정도로 나 자신을 무시하다니! 오, 하인에게 호감이라, 맙소사! 호감! 꼭 그런 식으로 말해야 하니? 그게 무슨 뜻이지? 넌 지금 누구와 얘기하는 거니? 넌 나의 일과 무관하단 말이냐? 도대체 일이 어떻게 돌아가는지 모르겠어.

리제트   저도 잘 모르겠어요. 하지만 아가씨 때문에 충격을 받았어요. 하인에 대한 호감이라……. 아 정신이 몽롱해져요…….

실비아   너의 말하는 태도가 몹시 거슬리는구나. 참을 수가 없어. 날 혼자 내버려두렴. 아, 나 역시 혼란스러워…….

제8장 실비아(홀로)

(객석을 향해) 리제트가 말하는 걸 들으니 아직도 치가 떨려요. 도대체 하인들이 이렇게 제멋대로 주인을 희롱해도 되는 건가요…? 그런 자들 땜에 여러분과 같은 귀족의 품위가 땅에 떨어진다구요! 아무튼 나로선 엄청난 충격입니다. 회복하는 데 꽤 시간이

걸릴 것 같아요. 그녀의 태도를 보세요. 두 번 다시 역할을 바꾸었다간 진짜 주객이 전도되겠어요. 또 그녀의 말투는 어떤가요? 간신히 참았다니까요. 그래요! 바로 하인이 문제입니다! 무슨 이런 이상한 일이 있담. 어쨌든 나의 상상력을 어둡게 만드는 그녀의 건방진 태도는 일단 떨쳐 버리자고요! 지금으로선 부르기뇽과 그 주인, 날 불쾌하게 만드는 게 누구일까요? 누가 나를 화나게 만드는 걸까요? 글쎄요, 하지만 그 하인배의 잘못도 아니지요. 가엾은 남자, 난 그를 책망할 수가 없습니다. 귀족과 하인이라 지금으로선 결혼은커녕 눈도 마주치기 어려운 시대인걸요. 아, 저기 하인이 오고 있네요. 가볼까요?

제9장 도랑트, 실비아

도랑트   리제트, 비록 너와 내가 주인님들의 눈치를 보고 있지만 내 불만을 토로해야겠어. 들어 줄래?

실비아   부르기뇽, 이제 반말은 그만하도록 해요. 제발.

도랑트   네가 원한다면.

실비아   여전히 반말을 하는군.

도랑트   너 역시 그만해, 그럼.

실비아   좋아, 지금부터 그만두겠어.

도랑트 그렇지만 나를 믿고, 우리가 하고 싶은 말을 다 해보
자. 서로 볼 수 있는 시간도 얼마 남지 않았잖아. 쓸
데없이 주인 눈치 보지 말고…….

실비아 주인님은 갔니? 우리 아가씨에 대해 뭐, 크게 실망
하진 않으셨을 테지.

도랑트 나 역시 마찬가지야. 사실을 말하자면 난 이제 너의
의중을 완전히 파악했어.

실비아 그게 무슨 뜻인데……. 그래, 나도 내가 뭘 원하는지
나 자신을 알 것 같아.

도랑트 널 잊지 못하겠어.

실비아 이봐, 부르기뇽. 한마디 하겠는데 네 생각을 일방적
으로 말하지 마! 난 모든 것에 관심 없다구. 네가 여
기 남든 떠나든 다시 돌아오든 말이야. 물론 나로선
네가 좋지도 나쁘지도 않아. 널 미워하지도 사랑하
지도 않지. 앞으로 사랑하리란 것은 더더욱 아니고
말이야. 적어도 나의 영혼이 우주를 떠나지 않는다
면 그럴 거야. 그게 내 진심이라구. 나의 이성은 나
와 어울릴 만한 상대를 받아들일 뿐……. 그리고 난
그 사실을 더 이상 얘기하고 싶지 않아.

도랑트 불행은 생각할 수도 없는 일이야. 그러나 넌 내 인생
의 모든 평온을 빼앗아 갔어.

실비아 말도 안 되는 소리! 맙소사, 정신이 나갔군! 나에게
고통을 주려고 작정을 했나봐. 좀더 냉정하게 생각

해야 해. 우리는 그저 말하고 대답하는 사이, 그걸로
족해…… . 하지만 이건 너무해. 지나친 감이 없지 않
아. 만약 네가 진실을 알게 되면 나에게 만족할 텐데
말이야. 어쨌거나 넌 나의 선한 마음씨를 알 수 있을
거야. 비록 그것이 다른 여자가 그렇다면 내가 비난
할지 모르는 것이지만 말이야. 그렇지만 난 내 이런
심정을 비난은커녕 속으로 칭찬하고 있단다. 내가 이
렇게 너를 관대하게 대하는 것도 그런 이유라구. 하
지만 그런 관대한 마음이 얼마나 지속될까. 아마 일
시적일 거야. 내 의도의 순진함을 안심시킬 정도가
아니라구. 그러니 이만 끝내자, 부르기뇽. 우리 둘 사
이에 무슨 의미가 있니? 이 문제를 자꾸 거론하는 건
비웃음만 살 뿐이야.

도랑트　아! 사랑하는 리제트, 정말 괴롭구나!

실비아　아참, 내게 할 말이 있다고 했지. 뭔가 불만이 있다
고 한 것 같은데…… . 네가 들어오면서 그랬잖아. 그
게 무슨 뜻이지?

도랑트　아, 아, 아무것도 아냐, 그저 사소한 일이지. 난 널
보고 싶었을 뿐이야. 뭔가 말할 구실을 찾았던 거야.

실비아　(혼잣말로) 이 경우 뭐라고 응수해야 하지? 내가 화
를 내기라도 하면 너무 지나칠 테고, 어떤 태도가 좋
을까?

도랑트　네 여주인이 떠나면서 날 책망하는 것 같았어. 나의

주인에 대해 좋지 않게 말했다고 말야.

실비아   그럴 리가 없어. 만일 아가씨가 다시 그런 얘기를 하
          면 망설이지 말고 그렇지 않다고 말하렴. 나머지는
          내가 알아서 처리하면 되니까.

도랑트   아니! 내 말뜻은 그게 아닌데…….

실비아   더 이상 그 얘긴 하지 말자. 이젠 우리도 떠날 때가
          된 것 같아.

도랑트   조금만 더 함께 있으면 좋겠는데?

실비아   그게 진정이라면 멋진 동기를 제공해 보렴! 난 부르
          기농의 열정을 즐길 테니까. 이 모든 장난이 언젠가
          는 즐거운 추억이 되겠지.

도랑트   날 비웃고 있구나. 그래, 좋아. (혼잣말로) 그런데 지
          금 내가 무슨 말을 하고 있는 거지? 뭐가 그렇게 궁
          금하단 말인가. (실비아에게) 자, 그럼 안녕.

실비아   안녕. 잘 가…! 잠깐! 그런데 너의 작별 인사가 정말
          떠나는 걸 의미하는 거니? 난 아직 너의 작별 인사에
          대해 알고 싶은 게 있어. 이 인사가 정말 신중하게
          생각한 작별이냐구? 내게 말해 줘.

도랑트   나도 진정 내가 떠나야 하는 건지 모르겠어……. 내
          마음이 갈팡질팡 들떠 있으니, 어쩜 좋으니?

실비아   설마하니, 그런 답이 나올 줄이야……. 쯧.

도랑트   내가 하나 실수한 게 있다면, 널 보는 순간 여길 떠
          났어야 했는데…… 그렇게 못한 것이지.

실비아   (혼잣말로) 난 말이죠, 언제든 저 사람 말을 들으면 맘이 울렁거려요. 어쩌면 좋죠?

도랑트   리제트, 너도 알다시피 내 마음 상태는 사실…….

실비아   오! 더 이상 말하지 마. 그 마음 상태는…… 그것은 아마도 나와 같을지 몰라. 아니, 내가 무슨 말을 하고 있나…….

도랑트   그, 그게 진심이니……, 리제트.

실비아   (혼잣말로) 하지만 나도 날 잘 모르겠는걸! 믿을 수 없어.

도랑트   아, 이건 운명의 장난인가? 나 자신이 사랑에 이끌려 가도록 기대하고 있으니……. 누가 뭐래도 난 네 마음을 간직하고 싶어.

실비아   (혼잣말로) 오, 하늘이시여, 이 소녀를 보호해 주시길! 내 마음은 어디로 가고 있는가? (도랑트에게) 넌 알 수 없어, 나의 모든 걸……. 그리고 나 역시 최선을 다했지만 내 마음을 알 수 없어. 무슨 기발한 해결책이 없을까! 어떻게 이 상황을 벗어날 것인가!

도랑트   네가 날 미워하지도, 사랑하지도, 앞으로 사랑할 것도 아니라는 게 사실이니?

실비아   물론이지!

도랑트   물론이라고? 그렇게 단호히 말하다니?

실비아   아냐, 조금도 악의는 없어.

도랑트   좋아, 리제트. 날 사랑하지 않는다고 백 번만 말해 줘.

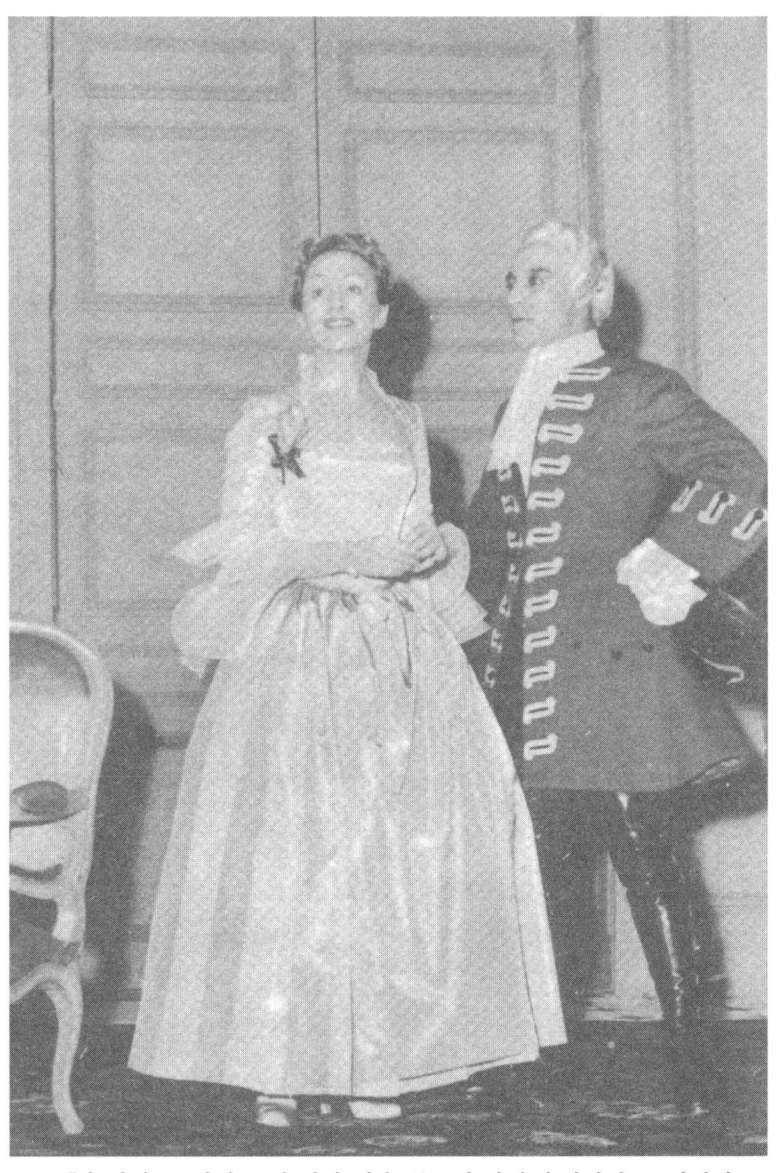

"난 말이죠, 언제든 저 사람 말을 들으면 맘이 울렁거려요. 어쩌면 좋죠?"

코메디 프랑세즈

실비아   오! 벌써 충분히 말했잖아! 내 말을 믿으라니까.

도랑트   나더러 그걸 믿으라고? 내 사랑의 열정이 실망하고
          있구나! 오, 위태로운 사랑이여, 그녀의 말, 날 미워
          하지도 사랑하지도, 앞으로 사랑하지도 않으리라는
          그 말이 사실이 아니기를……. 그리고 부유하는 이
          마음을 꼭 붙잡아 주기를……. 오 사랑이여, 사랑의
          열병이여. 나는 진심을 행동으로 보여주었지. 이렇게
          말이야. 무릎 꿇고 빌고 애원하면서…….

제10장 오르공, 마리오, 실비아, 도랑트

실비아   아! 사태가 여기까지 왔구나. 이렇게 될 줄은 상상도
          못했어. 아, 이젠 어쩌지. 난 불행한 여자야! 내가 지
          나치게 친절했기 때문인가? 부르기뇽, 제발 일어나
          렴. 누가 오면 어쩌려고 그래? 좋아, 네가 원하는 대
          로 할게. 무슨 말을 듣고 싶니? 난 너를 미워하지 않
          아, 됐지? 그러니 일어나렴. 내가 널 사랑할 수 있다
          면, 그것이 가능하다면…… 널 사랑할 텐데. 자, 이
          렇게까지 얘기했으니, 됐지?

도랑트   뭐라고! 그렇다면 리제트, 지금의 내 모습이 실제의
          내가 아니라면, 그리고 내가 돈 많고, 훌륭한 지위를
          가진 귀족이라면, 또 내가 널 진정 사랑한다면 나를

사랑할 수 있다는 뜻이니?

실비아 물론이야.

도랑트 날 미워하지 않는다고…… 날 받아들이겠다고?

실비아 기꺼이…… 그러니 그만 일어나.

도랑트 그 말이 진심이라면…… 아, 이게 꿈인가? 그렇다면
내 이성은 명분을 잃고 말았어.

실비아 네가 원하는 대로 모든 걸 말했는데 왜 그러고 있어?
일어나라니까.

오르공 (다가오며) 어, 내가 끼어들어 미안하네. 우리의 일은
잘 진척돼 가고 있어. 용기를 내라구!

실비아 주인님, 제 힘으로는 도저히 이 사람을 일어나게 할
수가 없어요. 아마도 제가 신분이 낮은 하녀이기 때
문인가요?

오르공 너희 둘은 정말 잘 어울리는구나. 그건 그렇고 리제
트에게 할 말이 좀 있는데……. 하던 얘기는 잠시 뒤
로 미루고 내 말을 들어 보렴. 괜찮겠나, 부르기뇽?

도랑트 그럼 전 이만 물러나겠습니다.

오르공 어서 가보게. 그리고 자네 주인에 대해서는 좀더 조
심스럽게 얘기하게나.

도랑트 저 말씀이신가요?

마리오 그럼, 자네 말고 누가 있나, 부르기뇽. 자네가 주인
을 공경하는 태도가 좀 불손하다고 들었네.

도랑트 무슨 말씀이신지 통 모르겠습니다.

오르공   그만 가보게. 자네의 변명은 다음에 듣도록 하지.

제11장 실비아, 오르공, 마리오

오르공   그런데 얘야, 실비아. 네 표정이 왜 그 모양이냐? 아주 당황하는 기색이로구나!

실비아   제가요? 아뇨, 아버지! 무슨 당황할 이유라도 있나요? 전 여느 때처럼 쾌활하다구요. 유감스럽게도 아버지가 뭔가 착각하신 것 아닌지…….

마리오   뭔가 이상해. 실비아, 뭔가가 있다구.

실비아   그래요, 오빠 머릿속엔 뭔가가 있을 수도 있지요. 그러나 난 오빠의 그런 태도가 좀 이상해 보여요. 무슨 일 있어요?

오르공   그러니까 네 약혼자가 될 사람에 대해 그토록 혐오감을 주었다는 게 방금 전 그 녀석이란 말이지?

실비아   뭐, 뭐라구요? 도랑트의 하인 말씀인가요?

오르공   그렇지, 바로 그 점잖은 척하는 부르기뇽 말이다.

실비아   점잖은 척하는 부르기뇽? 왜 그에게 점잖다는 표현을 하나요? 아무튼 그 사람에 대해선 말씀조차 꺼내지 마세요. 할 말도 없구요.

오르공   그렇지만 얘야. 사람들은 네 주변에서 주인을 욕보이는 자가 바로 그 녀석이라고 알고 있단다. 그래서 말인데 그 점에 대해 너와 의논할 게 있단다.

실비아   그럴 필요 없어요, 아버지. 제가 그 사람에게 반감을 갖는 건 다름 아닌 바로 도랑트 자신에 대해서라구요. 너무 당연한 것 아닌가요?

마리오   실비아, 네가 아무리 부정해도 반감이 너무 심하구나. 그걸 당연한 것이라고 할 수야 없지 않니? 누군가가 그렇게 일부러 만든 것처럼 보인단 말이다.

실비아   (격렬하게) 지금 오빠의 태도가 얼마나 이상한지 알아요? 그리고 오빠의 말을 이해할 수가 없어요. 지금 누구 얘길 하는 거죠? 누가 무얼 만들었다구…….

마리오   실비아, 왜 그러니? 몹시 흥분하고 있구나!

실비아   난 정말 내 역할에 지쳤어요. 만약 아버지가 화내시는 걸 두려워하지 않았다면 벌써 이 가면을 벗어 버렸을 거야.

오르공   허허, 아, 아니다, 얘야. 절대 그래선 안 돼. 난 바로 그 말을 하려고 왔어. 네 변장을 허락했으니 넌 아무 소리 말고 도랑트나 잘 관찰하렴. 그에 대한 판단을 냉철하게 하란 말이다. 그의 평판이 좋은지 나쁜지 나로선 재미있고도 중요하니깐…….

실비아   그런데 아버지는 제 말을 전혀 신뢰하지 않고 있어요. 다시 말씀드리지만 그에 대한 판단은 다른 사람이 아닌 바로 제 자신이 하는 것이라구요.

마리오   뭐라고! 도랑트에 대한 너의 혐오감이 방금 나간 그

수다쟁이 하인배 녀석 때문이 아니라고…?

실비아 (불같이 화내며) 오빠 말은 정말 불쾌해. 그에 대한 혐오감이라니? 내가 그를 싫어한다고? 난 그런 말 한 적 없어. 난 말이야……. 아무튼 말도 안 되는 얘기 집어치워요. 아무렇게나 상상하지 말아요. 하지만 이해할 수 없어! 내가 왜 이렇게 당황하고 화를 내고 있지? 그 재치 있는 부르기뇽이 이상해. 그의 말투와 점잖은 태도……. 그 모든 것이 좋게만 보이니 정말 알 수 없는 일이야!

마리오 이상한 건 바로 너야. 왜 그렇게 오빠에게 짜증을 부리니? 네 머릿속에는 뭐가 들어 있는 거냐? 뭘 의심하니?

실비아 진정해요, 오빠! 무슨 운명의 장난인지 모르겠어요. 내가 오늘 왜 이런지 몰라. 그리고 난 아무도 의심하지 않아요.

오르공 사실, 네가 그렇게 흥분하는 걸 오랜만에 보는구나. 아마도 너의 이런 모습을 보고 리제트가 내게 이렇게 말한 게로구나. '아가씨가 몹시 화를 내시면서 그를 변호하던걸요, 지금도 놀라워요' 하고 말이다. 그래서 내가 꾸짖었지. '놀랍다'라니, 그렇게 경솔한 표현을 함부로 해선 안 된다고 말이다. 하녀들은 한마디 말이 얼마나 중요한지 모르고 지껄인단 말이야. 더구나 부르기뇽이 네게 자기 주인에 대해 유리하게 애기하지 않았다고 하더구나.

실비아 바보 같으니라구! 얄미운 계집애! 사실을 고백하자면, 저로선 부르기뇽에 대한 자존심과 정의감 때문에 화를 냈던 거예요.

마리오 물론, 그건 잘못된 일이 아냐.

실비아 정말 단순한 이유랍니다. 제가 얼마나 공정한 여자인지 잘 아시잖아요. 그래서 누구에게도 피해를 주지 않으려고 했어요. 더구나 주인 때문에 곤란을 겪는 하인 한 사람을 구해 주려고 했던 것뿐인데…… 글쎄 주변에서는 그걸 보고 내가 무슨 일에 격분이라도 하고 화를 낸 것으로 알고 놀라워했지요. 결과적으로 리제트가 말을 잘못하는 바람에 그렇게 됐어요. 물론 나의 행동을 오해할 수도 있어요. 경우에 따라 민감한 일일 수도 있으니까. 하지만 내가 한 일을 알기나 하는지 원…… 그러니 난 나를 정당화하고 변호하는 말을 할 수밖에요. 아무튼 난 누구에게도 비난받을 이유가 없어요. 제발 뭐라고 말 좀 해봐요. 그런 심각한 표정일랑은 짓지 말고요. 남들이 나를 조롱하나요? 하지만 제멋대로 비웃는 건 참을 수 없어요.

오르공 애야, 진정하려무나.

실비아 아니에요, 아버지. 공연히 화가 나는걸요. 리제트가 뭘 보고 그리 놀랐다는 건지, 어떻게 그런 말을 함부로 지껄일 수 있나요! 도대체 무슨 말이 하고 싶은 거야. 모두 부르기뇽을 비난하지만 그 사람은 잘못한 게 없어요. 아버지가 오해하고 있어요. 오히려 리제트가 공연히 과민 반응을 보이고 있는 것이죠. 그게 전부예요! 자, 이젠 그리 아시고 나의 흥분을 이해하세요.

오르공   실비아, 진정하거라. 이젠 나와 싸울 작정이냐? 그러나 생각해 보면 그리 큰 문제도 아니지 않느냐? 잘 해결될 거야! 문제의 그 하인 녀석을 도랑트로 하여금 쫓아내도록 하면 어떻겠니?

실비아   아무튼 이 가면놀이는 너무 끔찍해요! 리제트를 보면 절대 제게 보내지 마세요. 난 도랑트보다 그 애가 더 싫어요.

오르공   허허 참, 그렇게 하마. 어쨌든 넌 그 하인놈이 사라지게 돼 기쁘겠구나. 그 녀석이 널 사랑한다고 그랬다고? 이런 미친 녀석…! 그것이 너를 귀찮게 했구나. 하지만 누군가 자신을 사랑한다는 건 즐거운 일이지.

실비아   그 사람에 대해 불평할 필요 없어요. 그는 날 하녀로 생각하고, 하녀를 대하는 투로 말했으니까요. 그러나 그는 하고 싶은 말을 자제하는 듯했어요. 나로선 적당히 응수해 주었죠.

마리오   근데 넌 스스로를 억제하지 못했단 말이냐? 그리고 그의 무릎 꿇은 모습은 어떻게 설명할 셈이냐?

오르공   맞아, 네 말을 들으며 그 녀석이 무릎을 꿇고 있는

65

걸 우리가 보지 않았니? 무슨 곡절이라도 있는 게냐? 얼핏 들었다만 네가 그를 좋아한다고 말했니? 그게 사실이 아닐 테지만 말이다.

실비아 (혼잣말로) 아, 답답해 죽겠어. 점점 더 궁지로 몰아넣는군.

마리오 맞습니다, 아버지! (실비아에게) 그자가 네게 자기를 사랑할 것인지 물었을 때 너는 친절하게도 '기꺼이 사랑한다'고 하지 않았니. 만약 그런 대답이 아니었다면, 그 부르기뇽 녀석은 여전히 그 자리에 엎드려 있을 텐데 말이다.

실비아 정말 잘 봤어요, 오빠! 하지만 이 불쾌한 일을 자꾸 반복할 필요가 있나요? 아, 그래서 말인데요. 아버지와 오빠가 꾸민 이 연극은 대체 언제쯤 끝낼 셈이세요? 이 코미디…… 배우를 고통 속에 몰아넣는 이 코미디를 그만 끝내자구요.

오르공 실비아, 내가 부탁하고 싶은 건 네가 결정하기에 앞서 전후 사정을 잘 살펴보라는 말이다. 좀더 기다려 보거라. 나중엔 내가 기다리라고 한 충고를 고마워할 거야. 난 그걸 장담할 수 있단다.

마리오 아마도 넌 도랑트와 결혼하게 될 거야. 미리 말해 두지만 네 마음은 그에게 기울어져 있거든. 아버지, 이제 그 하인을 용서하시는 게 어떨까요?

실비아 용서라니오? 그건 무슨 말이죠? 그가 어서 빨리 내

눈앞에서 사라졌으면 좋겠어요.

오르공   그 하인의 주인이 결정하겠지. 자 이젠 가자꾸나.

마리오   안녕, 실비아. 언짢게 생각하지 마!

제12장   실비아(홀로), 도랑트(잠시 후 등장)

실비아   (혼잣말로) 아! 이 터질 것 같은 가슴! 이런 난처한 상
황을 왜 만들었던가? 어찌할 바를 모르겠어. 사랑의
모험이란 진정 이렇게 큰 고통을 수반한단 말인가?
세상의 모든 얼굴들을 믿을 수 없으니. 그 누구도 마
음에 들지 않아. 나는 지금 어디로 가고 있나······.

도랑트   아, 리제트! 여기 있었군. 널 찾고 있었어.

실비아   날 찾을 필요 없어. 난 피해다니고 있거든.

도랑트   (떠나지 못하게 붙잡으면서) 잠깐만, 리제트. 마지막
으로 할 말이 있어. 너의 주인들에 대한 아주 중요한
내용이야.

실비아   그럼 그분들께 직접 말씀드리렴. 이젠 지긋지긋해.
날 혼자 내버려둬, 부탁이야.

도랑트   원하는 대로 해줄게. 하지만 내 말 좀 들어 봐. 잠시
후면 상황이 크게 달라질 거라구.

실비아   그건 또 무슨 말이니? 상황이 달라진다니······. 말해
보렴. 아무튼 난 네게 한없이 너그럽기만 하구나······.

도랑트   비밀을 지켜 줄래?

실비아   난 약속을 어겨 본 적 없어.

도랑트   널 믿고 존경하기 때문에 비밀을 털어놓는 거야.

실비아   그 말을 믿어. 하지만 말로만 그러지 말고 진정으로 날 대해 보렴. 말은 구실에 불과하니까 말이야.

도랑트   좋아, 리제트. 비밀을 지킨다고 하니 얘기하지. 나로선 너에 대한 사랑을 아무리 해도 막을 수가 없어. 이젠 열병으로 죽을 지경이야. 이런 내 심정을 헤아려 줄 수 있겠니?

실비아   내 그럴 줄 알았어. 더 이상 네 말은 듣고 싶지 않아. 안녕.

도랑트   기다려. 지금 너와 얘기하는 사람은 하인 부르기뇽이 아니야.

실비아   뭐, 뭐, 뭐라구? 그럼 넌 누구니?

도랑트   아, 리제트! 이젠 내 마음이 얼마나 고통에 시달렸었는지 알 거야. 내가 누구냐 하면…… 아, 이러면 안 되는데…… 어쩌지?

실비아   어서 말해. 난 네 마음과 얘기하는 게 아니야. 너와 얘기하는 거라구.

도랑트   (주위를 둘러보며) 아무도 오는 사람 없지?

실비아   그래.

도랑트   상황이 이러하니 말하지 않을 수 없군. 정직하고 성실한 사내로서 더 이상 진실을 왜곡할 수 없지.

실비아   그래, 답답하구나. 어서…….

도랑트   지금 네 여주인과 함께 있는 사람은…… 겉모습과는 다른 사람이야.

실비아   (흥분하여) 그게 무슨 뜻이니? 그 사람은 누구니?

도랑트   하인.

실비아   뭐야?

도랑트   도랑트는 바로 나야.

실비아   (혼잣말로) 아! 어지러워……. 그랬었구나. 이제 알겠다, 알겠어!

도랑트   자초지종을 말하지. 난 이 하인의 옷을 입고서 결혼하기 전 네 여주인이 어떤 사람인지 알고 싶었던 거야. 내가 떠나올 때 아버님은 그것을 허락하셨지만 결과는 악몽 같고, 더 이상 참을 수가 없어. 난 지금 너의 아가씨가 아니라 하녀인 너를 사랑하고 있어. 이건 숨길 수 없는 진실이야. 어쩜 좋으니? 그녀에게 이 사실을 말하자니 끔찍해. 그녀는 분별력이 없어서 내 하인에게 홀딱 반해 있거든. 가만히 두면 그와 결혼할지도 몰라. 아, 어리석은 여자…! 어떻게 해야 하니?

실비아   (혼잣말로) 어디 끝까지 내 신분을 숨겨야지. 점점 긴장되는데……. (큰 소리로) 아, 그랬었군요. 상황이 완전히 달라졌어요! 그렇다면 무엇보다도 나리와 대화 중에 있었던 저의 불손함을 용서해 주세요. 저의 말투와 태도가 예의를 벗어난 것을 사과드립니다.

도랑트 (격렬하게) 아니, 그만해, 리제트. 너의 사과는 또다시 날 우울하게 만들어. 그건 우리 두 사람을 더욱 갈라놓을 것이고, 그 거리감은 더욱 날 고통스럽게 한다구.

실비아 나에 대한 당신의 애정이 정말 진실한 것인가요? 그렇게도 저를 사랑하시나요?

도랑트 내게 그것이 허용된다면 나의 신분을 포기할 정도야. 내 운명이 너의 운명과 함께할 수 없다면, 지금 내가 위로받을 수 있는 유일한 길은 너의 사랑을 확인하는 것뿐이지. 너 역시 날 사랑하고 있다고 생각하는 것……. 오직 그것뿐이야.

실비아 제가 하녀란 걸 알고도 사랑을 운운하셨으니 참으로 거룩하신 마음씨로군요. 몸둘 바를 모르겠어요. 그리고 신분을 초월하는 결혼을 두려워하지 않는다면 제 마음은 기꺼이 당신을 맞이할 수 있을 텐데……. 아, 운명의 가혹한 형벌……. 당신께 어떻게 보답해야 할지…….

도랑트 너의 매력은 여전하구나, 리제트! 우아한 말투와 품위 있는 자태, 지금 보니 더욱 아름답지 않느냐?

실비아 쉿……. 누가 와요. 당신의 하인에 대해서는 여전히 비밀을 지키세요. 아직 모든 게 다 바뀌진 않았으니까요. 우린 나중에 다시 만나서 이 난처한 상황을 의

논하도록 해요. 자, 그럼…….

도랑트   네 의견을 따르지. (나간다.)

실비아   아, 이건 분명 꿈이야……. 그가 도랑트라니…….

제13장   실비아, 마리오

마리오   실비아, 널 만나러 왔어. 네가 불안해하는 모습이 걱정이 돼서 말이야. 그 불안감으로부터 벗어나게 해주지. 내 말 좀 들어 보렴.

실비아   (흥분해서) 아! 오빠, 나 역시 놀랄 만한 소식이 있어요.

마리오   그게 뭔데 그러니?

실비아   오빠, 그 사람이 글쎄 부르기뇽이 아니고 도랑트래요.

마리오   그게 무슨 말이냐?

실비아   그 남자 있잖아요. 방금 그것을 알게 되었어요. 조금 전 나간 그 사람, 그가 직접 사실을 밝혔다구요.

마리오   글쎄, 그게 누구냐고?

실비아   내 말이 무슨 뜻인지 모르겠어요?

마리오   그래, 영 모르겠구나. 궁금해 죽을 지경인걸.

실비아   이리 와 봐, 오빠. 아버지를 뵈러 가요. 이 사실을 꼭 아셔야 해. 아, 오빠도 같이 가요. 새로운 생각이 떠올랐어. 오빠가 날 사랑하는 척하는 거야. 물론 지난번에 그 사람 앞에서 농담하듯이 그런 뉘앙스를 풍기

긴 했지만……. 특히 비밀을 지켜야 해요. 알겠죠…?

마리오 물론 비밀은 반드시 지켜야겠지. 그게 뭔지 모르지만.

실비아 오빠, 가요 어서! 이러고 있을 시간 없어요. 이런 중
대한 일은 처음이라구요.

마리오 오, 하늘이시여, 가여운 동생이 엉뚱한 짓을 하지 않
도록 해주시길…….

제3막

제1장 도랑트, 아를르캥

아를르캥 아, 도련님! 존경하는 주인님, 청하건대…….

도랑트 또 무슨 일이냐…?

아를르캥 제발 절 불쌍히 여기시어 순조롭게 돌아가고 있는 제 행복한 모험에 재뿌리지 마시길 부탁드리옵니다. 그 통로를 가로막지 말아 주시길……. 간절……히.

도랑트 불쌍한 녀석. 날 비웃고 있구나. 너 같은 녀석은 볼기 백 대는 맞아야겠어.

아를르캥 맞을 짓을 했으면 맞아야죠. 그런데 매를 맞고 난 후 매 맞을 짓을 좀더 하도록 내버려두신다면 좋으련만……. 회초리 찾아올까요?

도랑트 못된 놈 같으니!

아를르캥 못된 놈이라구요? 그래요. 하지만 그것이 나의 행운에 방해되는 건 아니니까요.

도랑트   망나니 같으니! 대체 무슨 공상을 그렇게 하느냐?

아를르캥 망나니도 좋고, 못된 놈도 좋고……. 히히히……. 다
          괜찮아요. 저에게 딱 어울리는 말입죠. 못된 놈이 망
          나니라고 불린다고 뭐 체면 깎일 일 있나요? 그렇지
          만 이 망나니는 멋진 결혼을 한다구요. 저 고귀한 여
          인과…….

도랑트   뭐라고, 이 무례한 녀석! 일이 그렇게 뜻대로 될 성
          싶으냐? 너 방금 뭐라고 말했니…? 나를 대신해 네
          가 실비아와 결혼하겠다고? 그 광경을 보고 내가 괴
          로워하는 걸 볼 셈이라고…? 잘 들어라, 이놈아. 네
          가 이런 식으로 계속 버릇없이 굴면 오르공 씨에게
          네 놈의 정체를 밝히고, 곧장 내쫓고 말 테니 그리
          알아라!

아를르캥 그럼 이렇게 하시죠. 아가씨는 날 사랑하고 있단 말
          예요. 그녀는 날 우상처럼 숭배하고 있죠. 그러니 만
          약 나의 신분이 하인이란 걸 알고도 그녀가 계속 나
          를 사랑하고 결혼하길 원한다면, 우리의 결혼식에
          축제의 팡파르와 바이올린 소리가 울려 퍼지도록 해
          주시기로요…….

도랑트   그렇게 하렴. 네가 누군지 알려지면 오히려 내 처지
          가 훨씬 편해질 테니까.

아를르캥 좋아요. 그럼 당장 그 고매하신 분께 제가 하인임을
          알리러 가겠어요. (혼잣말로) 오, 하인의 옷차림이 우

리의 사랑에 장애물이 되지 않기를……. 언제나 허드
렛일만 하는 이 신세가 고급스런 테이블로 인도되기
를……. 사랑이여, 영원히 머물기를……. 오, 내 사랑
아…….

제2장 도랑트(홀로), 마리오(잠시 후 등장)

도랑트   아, 이 모든 일들을 믿을 수가 없구나. 내게 이런 일
          이 생기다니……. 어쩌면 좋지? 리제트가 보고 싶다!
          그녀와 함께 있으면 오히려 답답함이 사라지는걸. 게
          다가 날 이 혼란에서 벗어나도록 리제트가 아가씨에
          게 뭔가 얘기하기로 한 것도 궁금하구나. 어디 그녀
          에게로 가볼까? 혼자 있으면 좋으련만…….

마리오   (퉁명스럽게) 어이, 부르기농, 잠깐. 자네에게 할 말
          이 있네.

도랑트   무슨 일이십니까?

마리오   자네가 리제트와 가까이 지낸다면서…?

도랑트   아, 그걸 어떻게……. 하지만 그녀는 너무도 사랑스
          럽지요. 그녀를 사랑하지 않을 수 없다구요.

마리오   리제트가 너의 그런 태도를 받아들였단 말이지?

도랑트   아마도 농담이었을 겁니다.

마리오   예의 지키느라 거짓말하는 건 아니냐?

도랑트	아닙니다. 그런데 갑자기 왜 그런 말씀을? 설사 리제트가 제게 애정을 갖고 있다 하더라도…….
마리오	애정이라니! 어디서 그런 고상한 말을 입에 담느냐? 건방진 녀석……. 하인 녀석이 못하는 말이 없군. 애정이라니……. 당치도 않지.
도랑트	저는 달리 표현할 길이 없습니다요.
마리오	보아하니 넌 이런 교묘한 말투로 리제트를 유혹하려 한 모양인데 어림없다. 귀족들의 흉내를 내다니……. 멍청한 녀석!
도랑트	저는 아무도 흉내내지 않습니다. 도련님이 저를 우스꽝스러운 사람 취급하려고 일부러 여기까지 오신 것 같지는 않은데요. 뭔가 하실 말씀이라도? 전 방금 리제트와 저와의 사랑을 확인했다구요. 그리고 그녀에 대한 도련님의 각별한 관심도 전해 들었구요.
마리오	뭐라고, 빌어먹을 녀석! 네 말 속에는 벌써 질투의 감정이 섞여 있구나! 웃기는 녀석이로다! 그래, 뭐라고? 리제트와 너와의 사랑? 허허, 가소롭구나.
도랑트	도련님도 그 사실을 인정하셔야 할 겁니다.
마리오	아! 그거야 참! 대수롭지 않다. 하지만 리제트가 널 사랑한다니, 그게 사실이라면 참을 수 없는 일이지. 내가 그녀에게 관심을 보이고 있음을 명심해라. 그녀와 쓸데없는 잡담을 늘어놓기라도 하면……. 내가 걱정하는 건, 그녀가 널 사랑하는 게 아니라 나의 자

존심이 손상될까 봐서다. 알겠니? 네가 나의 연적이라니…… 이런 기가 막힌 일이 있나?

도랑트 그러시겠죠. 부르기농은 하인 부르기농이니까요. 저도 도련님과 사랑의 라이벌이 되길 원하지 않습니다.

마리오 물론 네 명대로 살려면 그래야겠지.

도랑트 그럼요, 그렇습죠, 도련님은 리제트를 많이 사랑하시나요?

마리오 그녀만 보면 사랑의 감정이 속에서 끓지. 그 애정을 다스리기 위해 나름대로 마음의 문을 닫아두고 있지만 말이야. 알아듣겠니?

도랑트 네, 잘 알겠습니다. 그럼 그녀 역시 도련님을 사랑하겠지요, 틀림없이?

마리오 무슨 똥딴지 같은 소리냐? 그녀가 날 사랑하는 게 무슨 문제라도 되느냐? 내가 사랑받을 자격이 없기라도 한단 말인가?

도랑트 그래도 당신의 연적으로부터 칭찬받을 일은 아니지 않습니까?

마리오 말이야 바른말이군. 같은 남자로서 맞대응을 자제하지. 자존심의 문제니까. 그러나 그녀를 사랑할 자격 따윈 운운하지 말게. 오직 진실만을 말하라구!

도랑트 참으로 너그러우시군요. 한편 놀랍기도 하고요. 리제트는 그런 당신의 마음을 모릅니까?

마리오 리제트는 내 마음을 알고 있지만 별로 감동하고 있지는 않는 듯해. 하지만 난 그녀의 맘이 곧 바뀌리라 믿네. 그러니 사태 파악을 잘하고, 주제넘은 행동일랑은 아예 하지도 말게. 그녀의 무관심은 오히려 나중에 더 큰 사랑의 화살로 되돌아올 테니까. 바로 이 가슴을 향해서⋯⋯. 하하하. 결정적으로 한마디 덧붙이면 넌 하인의 신분이야. 그 누추한 옷과 이 귀족의 복장 사이에서 저울의 추는 어디로 기울까⋯⋯. 하하하. 이래도 네가 나의 연적이란 말이냐? 하하하⋯⋯.

제3장 실비아, 도랑트, 마리오

마리오 아! 리제트, 여기 있었구나.

실비아 무슨 일이라도 있나요? 상기된 표정으로 왜 그러세요?

마리오 아무것도 아니야. 부르기뇽과 몇 마디 주고받았어.

실비아 이 사람의 기분도 별로 안 좋게 보여요. 도련님이 꾸짖었나요?

도랑트 도련님이 리제트, 널 사랑한다고 하더군.

실비아 그건 제 잘못이 아닌걸요.

도랑트 그리고 내게는 너에 대한 사랑을 자제하라는 거야.

실비아 (마리오에게) 이를테면 저 역시 이 하인 앞에서 사랑스런 태도를 내보이지 말란 말인가요?

마리오	이 친구가 널 사랑하는 걸 막을 수야 없지, 리제트. 그렇지만 그가 너에게 사랑하니 어쩌니 하면서 추근대는 건 질색이야.
실비아	그는 더 이상 그런 말을 하지 않아요. 다만 느낌으로 알 수 있죠.
마리오	어이 부르기뇽, 어디 내 앞에서 사랑 타령 한번 해보게나……. 어서!
도랑트	리제트가 제게 직접 주문한다면 모를까……. 그만두겠습니다.
마리오	여전히 그런 태도라니…….
실비아	나의 주문을 기다린다고? 듣기에 나쁘진 않군. 어디 기다려 볼까…….
도랑트	너 역시 이분에게 사랑을 느끼니?
실비아	뭐! 사랑이라구? 오! 위대한 사랑이라……. 그 누구도 내 사랑할 권리에 대해 왈가왈부할 순 없는 일이지.
도랑트	날 속이고 있는 거야?
마리오	정말 날 우스운 사람으로 만들지 말게, 부르기뇽. (혼잣말로) 아, 이 역할 언제나 끝나려나…! 아니 내가 무슨 말을 하는 거지…? 자, 이제 그만 모두 나가자!
도랑트	그래요, 난 부르기뇽이죠, 외로운 하인, 영원한 하인입니다. 나 역시 웃음이 나오는군. 그럼 이만…….
마리오	좋아, 그럼 가봐.
도랑트	(혼잣말로) 아, 맘이 편하지 않구나!

실비아   그만 양보해. 도련님이 화내시겠어.

도랑트   (작은 소리로 실비아에게) 아마도 당신은 더 훌륭한
         사람을 원하시겠죠?

마리오   자, 이만 끝내자!

도랑트   리제트, 넌 아직 내게 도련님의 사랑에 대해 말하지
         않았어.

제4장 오르공, 마리오, 실비아

실비아   내가 그 남자를 사랑하지 않는다면 얼마나 후회스러
         울까!

마리오   (큰 소리로 웃으며) 아! 그래, 하하하하!

오르공   왜 그렇게 웃는 거니, 마리오?

마리오   도랑트가 화내는 모습 때문이죠. 방금 그를 만나고
         왔거든요. 제가 그 친구 때문에 리제트의 곁을 떠나
         게 되었지 뭡니까!

실비아   그를 만나면서 오빠는 무슨 말을 했죠? 그의 표정은
         어떻든가요?

마리오   그처럼 당황한 표정과 기분 상해 있는 남자는 처음
         보았어.

오르공   난 그 친구가 제 꾀에 제가 넘어갔다는 게 우습구나.
         객관적으로 보면 이 상황에서 실비아, 네가 그보다

더 품위 있고, 재치가 있더구나. 이제 우리의 연극은 끝났다. 가면을 벗을 때가 됐단 말이다.

마리오 그런데 상황은 어떻게 돼가니?

실비아 아! 오빠…… 무척 만족할 만해요.

마리오 저런! 만족이라……. 아버지는 저 실비아의 평화스런 표정을 보셨어요? 안도의 한숨을 내쉬는 저 모습을…….

오르공 뭐라고 실비아. 그가 지금 너의 모습, 그러니까 변장한 하녀의 모습에 매료되어 청혼을 결심했다는 것이냐?

실비아 그렇다니까요, 아버지! 전 기대하고 있다구요!

마리오 아버지라니? 노골적으로 아버지의 호칭을 하는구나. 도랑트가 들으면 어쩌려고…….

실비아 더 이상 상관하지 않겠어요.

마리오 아아, 저런! 내가 복수해야겠는걸. 넌 때로 내 말에 트집을 잡고는 했으니까 말이야. 이젠 내 차례다! 내가 농담 한마디 하지. 흠, 너의 즐거워하는 표정이 불안감과 뒤섞여 꼭 시집가는 처녀 원숭이 같구나! 하하하!

오르공 나로선 아무런 불만도 없다. 네 뜻이 그렇다면 뭐든 찬성하니까.

실비아 아버지, 전 가문의 법도를 지킬 의무가 있어요. 도랑트와 전 결혼할 운명이지요. 그리고 그의 행동을 유심히 살펴보았습니다. 그는 품위 있고 존경할 만한 사람이에요. 내 마음은 그가 보여 준 사랑의 극치감에 대한 기억들로 꽉 차 있어요. 이 모든 게 우리의 이상적 결합을 위한 오케스트라 같답니다. 그 사람은 날 사랑하고 있으며, 오늘의 추억을 영원히 간직할 겁니다. 저 역시 그의 사랑을 귀중하게 받아들일 것이고요. 아버지의 기발한 아이디어가 우리의 만남을 더욱 의미 있게 만들었어요. 행복한 삶을 위한 모험이 더욱 큰 열매를 가져다 주었지요. 이 이야기는 너무나 감동적인 예로 남을 것 같아요. 사랑과 우연의 장난…… 하나의 모험이죠.

마리오 아! 아니, 실비아, 웬 말이 그렇게 많니? 대단한 수다로구나. 벌써 결혼을 선포하기라도 하는 것이냐?

오르공 만약 결혼을 하게 되면 이 즐거운 놀이가 멋진 연극이 되겠구나, 안 그러냐?

실비아 우리의 가면극은 거의 끝나가요. 도랑트, 오, 내 사랑의 정복자! 아니, 나의 사랑스런 포로, 난 지금 그 매혹적인 포로를 기다리는 중…!

마리오 그 포로를 묶은 사랑의 쇠사슬이라……. 무척 달콤하겠군! 그러나 그는 지금쯤 몹시 괴로워할 거야. 가엾은 젊은이……. 사랑의 열병에 죽어가는 사나이…….

실비아 아무튼 신분의 벽을 극복하고, 나와의 결합을 결심하는 데 고통이 크면 클수록 그에 대한 나의 존경심은 커질 수밖에 없지요. 그는 나와 결혼함으로써 자신의 가문을 배반하고, 아버지를 비탄에 빠지게 만들 거라 생각하고 있어요. 자신의 운명과 신분을 송두리째 저버린다고 믿는 것이죠. 그게 바로 그 남자의 고민입니다. 아, 이 승리감! 이 기쁨! 이것은 쟁취하는 것. 그냥 주어지는 게 아니죠. 이건 순전히 이성과 사랑의 갈등이랍니다.

마리오　왜 그 갈등에서 항상 이성이 패배하지?

오르공　이를테면 너는 그의 심적 갈등이나 모험의 크기를 꼭 재보고 싶은 게냐? 그 자존심은 언제나 끝날까!

마리오　그래요, 바로 그게 여자의 자존심입니다. 참 단순한 것이죠.

제5장　오르공, 실비아, 마리오, 리제트

오르공　쉿! 리제트가 오고 있어. 과연 무슨 일이 벌어질지 보자꾸나.

리제트　주인마님, 나리께서는 조금 전 도랑트란 분을 제게 양보하신다고 하셨어요. 제 의사를 존중하시겠다는 말씀이죠. 전 그 말씀을 철석같이 믿고 있어요. 머지않아 그 결과를 보시게 될 겁니다. 모든 게 잘 어우러진 모습이죠. 이제 제가 무엇을 해야 하나요? 그런데 과연 아가씨께서 그분을 포기하실는지 궁금합니다.

오르공 실비아야, 다시 한번 말하건대 넌 정말 아무런 후회도 없겠니?

실비아 없어요. 그래, 그 사람을 네게 양보하지, 리제트. 나의 모든 권리와 함께 말이야…… 언제나처럼 난 나와 조건이 다른 사람은 상대하고 싶지 않아. 그러니 그와 네가 아무렴 어때?

리제트 뭐라고요? 그분과의 결혼을 허락하신단 말씀인가요? (오르공 쪽을 바라보며) 주인님도 역시…? 아, 이런 행복이 있다니!

오르공 물론이지. 너의 결혼에 동의하마. 그가 널 지극히 사랑한다니까 말이다.

마리오 나도 동의해.

리제트 (떨리는 목소리로) 모든 분들께…… 정말…… 감사드립니다…….

오르공 그런데 한 가지 조건이 있어. 앞으로 생길지 모르는 일에 대비하기 위해 네 신분을 미리 말해 두는 게 좋겠다. 너의 결혼 상대자에게 말이다.

리제트 그래요. 몇 마디로 족할 겁니다. 그는 절 이해하리라 믿어요.

오르공 물론 그래야겠지. 그 훌륭한 인격을 갖춘 사람이 그만한 일에 동요하겠니? 그 친구가 자초지종을 알더라도 분노할 것 같지 않아.

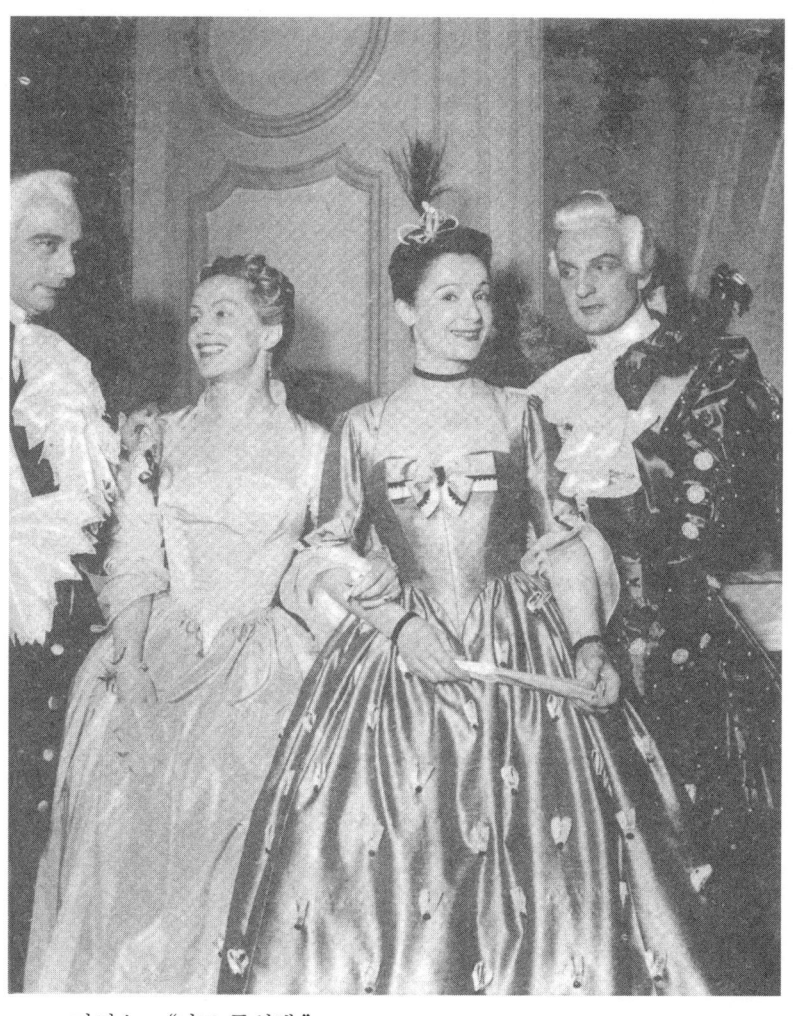

마리오—"나도 동의해."
리제트—"모든 분들께……. 정말…… 감사드립니다……."

코메디 프랑세즈

리제트   그분이 절 찾고 있어요. 이만 물러갑니다. 저로선 이
        멋진 일을 성사시키기 위해 마음의 준비를 해야겠습
        니다. 자 그럼.
오르공   그렇군, 우리도 그만 가자꾸나.
실비아   그래요. 잘되기를…….
마리오   가자!

제6장 리제트, 아를르캥

아를르캥 마침내 나의 여왕이여, 또다시 만났군. 이젠 더 이상
        당신 곁을 떠나지 않겠소. 미치도록 보고 싶었다오.
        혹시 당신이 나를 피하는 건 아닌지 의심이 들 정도로.
리제트   당신께 고백할 게 있어요. 매우 중대한 겁니다.
아를르캥 고귀한 영혼이여, 무엇인들 고백하게나. 사랑의 묘
        약인 당신의 고백이 무엇인지 궁금하기 이를 데 없
        소. 내 삶의 영광을 위해 어서 말하시오.
리제트   아니, 그런 게 아니고…… 사실 당신과 함께한 시간
        들은 내게 너무도 소중했답니다.
아를르캥 아! 당신의 그 고백, 그것이 나에게 힘과 용기를 주
        는군.
리제트   그리고 저의 사랑은 변함없으니 추호도 의심 마세요.
아를르캥 그 속삭임에 입맞출 수 있다면…… 그리고 당신과 나

의 입이 하나되어 그 달콤함을 맛볼 수 있다면…….
오, 내 사랑!

리제트 당신은 우리의 결혼을 기정 사실처럼 말하지만 아버지의 승낙이 필요합니다. 전 방금 말씀드렸어요. 당신이 원하신다면 아버지께 결혼 승낙을 요청하겠습니다. 아마 허락하실 겁니다.

아를르캥 오르공 씨에게 당신과의 결혼 승낙을 받기 전에 먼저 당신이 나의 결혼 요청을 수락해야 합니다. 그럴 만한 자격도 없는 놈이 당신과 결혼하게 된다면 그 관대함에 눈물로 감사하겠소.

리제트 당신이 내 손을 영원히 잡아 준다면 잠시 이 손을 빌려 드리지요. 자, 어서요. (아를르캥이 리제트의 손을 잡는다.)

아를르캥 둥글고 포동포동하고 사랑스러운 손이로구나. 주저하지 않고 당신의 손을 잡겠소. 영원히…… 당신이 가져다 줄 영광을 이젠 걱정하지 않겠소. 다만 한 가지 걱정거리가 있다면…… 아, 그걸 말해야겠지. 그 내용이 좀 불안하긴 하지만…….

리제트 당신은 제게 필요 이상으로 많은 것을 주었어요.

아를르캥 그렇지 않아. 당신 역시 나만큼 계산에 어둡군.

리제트 당신의 사랑, 그것은 하늘이 주신 선물입니다.

아를르캥 하늘이 준 선물이라……. 그런 선물은 어떤 장애물도 극복할 수 있다오. 깨지지도 부서지지도 않을 테니까. 하지만 또한 그것은 보잘것없는 것이기도 하지!

리제트 아니에요. 그 선물은 너무도 고귀한 것.

아를르캥 당신이 아직 하늘의 선물을 다 만나 보지 않았기에 하는 말이오.

리제트 또 무엇이 있나요? 당신의 겸손은 언제나 날 당혹스럽게 만들어요.

아를르캥 당혹스럽긴, 뭣이 그렇소? 겸손함이 없다면 뻔뻔스러움만 남을 것이오.

리제트 아무튼 당신의 사랑에 어울릴 사람이 나란 말인가요?

아를르캥 아, 아! 나 역시 몸둘 바를 모르겠소.

리제트 다시 한번 말하지만 난 내가 누군지…… 잘…… 알고 있어요…….

아를르캥 나 역시 나 자신을 잘 알죠. 하지만 많은 것을 안다고 인생에 도움되는 건 아니죠. 더구나 자신을 안다는 것은 고통스런 일일 뿐. 사물의 겉모습에 집착할 필요는 없어요. 안 그렇소?

리제트 (혼잣말로) 지나친 겸손은 자연스럽지 않아. (큰 소리로) 당신은 왜 자꾸 그런 말씀을 하시나요?

아를르캥 바로 거기에 문제가 있으니까.

리제트 뭐라구요. 문제라니오? 불안해요……. 당신은 혹시 …….

아를르캥 당신은 혹시……. 그래요, 이제 나의 실체를 벗기려 하시는군.

리제트   문제가 뭐죠?

아를르캥 (혼잣말로) 마음을 단단히 먹어야겠어. (큰 소리로) 당
         신의 사랑은 여전하죠? 어떤 충격에도 무너지지 않
         겠죠? 초라하고 가난하다고 사랑이 위협받지는 않
         는 법이죠. (애써 근엄한 표정을 지으며) 오! 나의 사
         랑은 누추한 곳에 머무를 것이라네.

리제트   아! 그게 무슨 말인가요? 날 불안에 떨게 하지 마세
         요. 그렇게 말하는 당신은…… 누구신가요?

아를르캥 내가 누구…? (객석을 향해) 내가 누구입니까? 여러
         분, 위조 지폐 보신 적 있죠? (다시 리제트를 보며) 당
         신은 위조 지폐를 본 적 있나요? 당신은 가짜 금화를
         아시나요? 나는 바로 그와 같은 인물…!

리제트   그렇다면 당신의 이름은…? 어서 말하세요!

아를르캥 내 이름? (혼잣말로) 아를르캥이라고 말할까? 아니
         야, 그건 너무 천박한 이름이야……. 으음, 뭐라고 말
         할까…….

리제트   뭐, 뭐라고요? 못 들었어요.

아를르캥 아가씨, 좀 귀찮지만 한 가지 물어봅시다. 당신은 졸
         병의 지위를 증오합니까?

리제트   갑자기 웬 졸병?

아를르캥 예를 들어 대기실의 병사 같은 사람.

리제트   대기실의 병사! 그렇다면 당신은 도랑트가 아니라
         그의 하인이란 말인가요?

아를르캥　맞습니다. 그분은 나의 상관입니다.

리제트　못된 사람 같으니!

아를르캥　(혼잣말로) 이제 나의 운명을 피할 수 없게 되었군.

리제트　이런 터무니없는 일이 있다니! 정말 우스꽝스러운 사람이로군!

아를르캥　아, 이젠 이 모든 즐거운 순간이 끝장이로구나!

리제트　바로 방금 전 내 편에서 용서를 구했는데……. 이 멍청한 사람에게 머리를 조아려 가며 예의를 다 갖췄는데……. 대기실의 졸병이라니!

아를르캥　아! 아가씨께서 명예로운 사랑을 존중하신다면 주인님 이상으로 당신을 섬길 것입니다. 아직도 그대는 내 사랑!

리제트　(웃으면서) 하하하…! 명예로운 사랑이라고? 정말 웃기는 일이야. 자, 이제 최후의 심판만 남았어요. 그래요, 나의 명예로 당신을 용서하겠어요. 명예란 언제나 타협적인 것이까요.

아르를캥　아가씬 정말 자비로운 분! 오, 나의 사랑이시여……. 감사의 표시로 사랑의 징표를 드립니다. (바지 속에서 동전 하나를 꺼낸다.)

리제트　좋아요, 그걸 받겠어요. (빈정거리며) 대기실의 졸병, 나 역시 잘 속는 사람이에요. 귀족의 대기실 졸병이라고 했으니, 그것에 어울리는 사람은 미용실의 미용사죠. 이를테면 아가씨의 미용사!

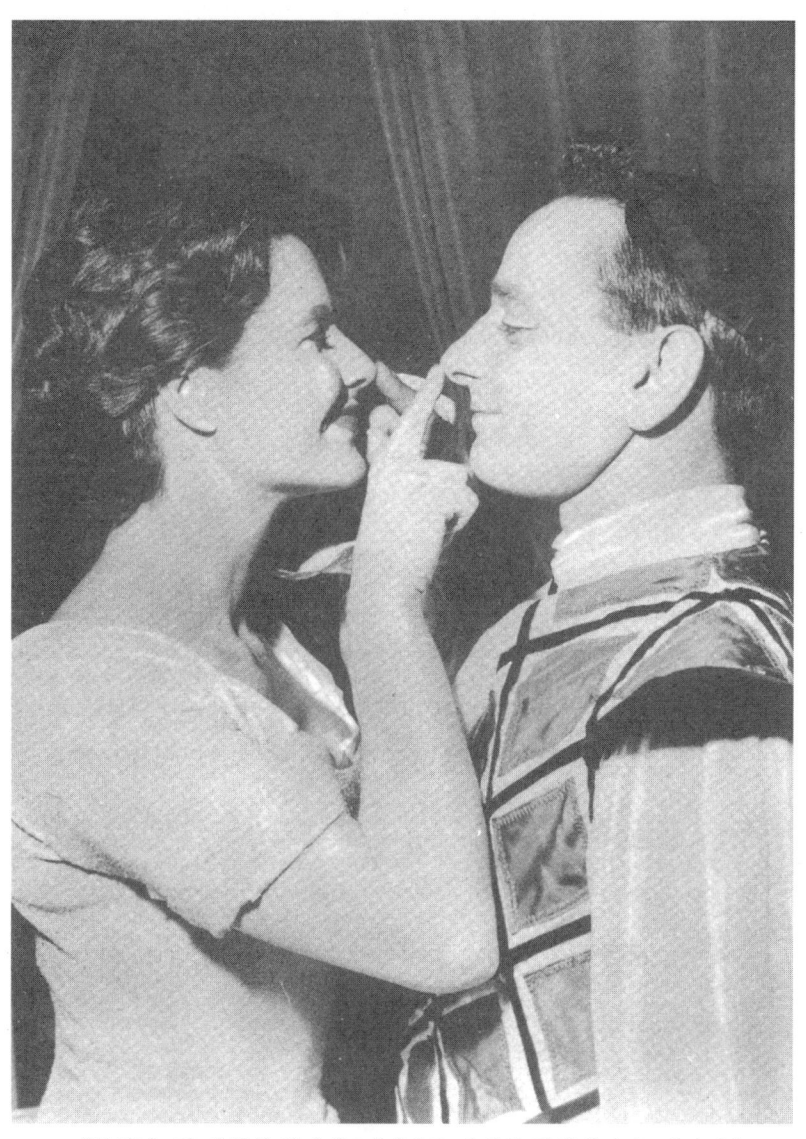

"주인님, 전 당신의 하녀예요." "나도 당신의 하인입니다, 아가씨."
클레르 뒤아멜(리제트)과 기 피에로(아를르캥), 아네테 극장(1960)

아를르캥 아가씨의 미용사?

리제트 나의 여주인이지요.

아를르캥 이런 철면피!

리제트 너에 대한 복수야.

아를르캥 아뿔싸! 이 긴 시간 내 처지를 비관하면서도 아양 떨며 환심을 사려 한 것이 바로 이 못생긴 색시 때문인가!

리제트 자, 이제 모든 걸 털어놓자. 솔직하게……. 너 날 사랑하니?

아를르캥 물론이지. 신분은 달라졌지만 네 모습이 바뀐 건 아니니까. 서로에 대해 오해를 했지만 우린 사랑의 약속을 했지. 그 거룩한 사랑의 맹세를!

리제트 그런 오해는 중요하지 않아. 잊어버려. 그리고 더 이상 가장하지 말자. 웃음거리가 되지 말자구. 근데 네 주인은 여전히 아가씨에 대해 착각하고 있는 것 같아. 아무 얘기도 하지 말고 그냥 지켜보자. 아, 얼마나 재미있는 일이 벌어지려나……. 그가 온다. 주인님, 전 당신의 하녀예요.

아를르캥 나도 당신의 하인입니다, 아가씨. (껄껄대고 웃는다) 하하하!

제7장 도랑트, 아를르캥

도랑트 오르공 씨의 딸과 헤어지면서 네가 누군지 이야기를 했느냐?

아를르캥 물론입니다. 가엾은 여자! 그녀의 마음이 어린양보다 더 온화하다는 것을 알았어요. 그녀는 별로 놀라지 않았죠. 그녀에게 나의 이름은 아를르캥이라고 밝히고, 제 신분을 말했어요. 그러자 그녀는 '나의 친구여, 세상에는 누구나 각자의 이름이 있고, 신분이 있지요. 당신의 신분은 당신에게 별로 중요하지 않아요. 그건 은혜로운 것이죠' 라고 했으니까요.

도랑트 무슨 풍딴지 같은 소릴 하는 거냐?

아를르캥 어쨌든 저로선 그녀에게 청혼할 겁니다.

도랑트 뭐라고? 그녀가 너와의 결혼을 동의했단 말이냐?

아를르캥 몹시 괴로워하고 있어요.

도랑트 거짓말하지 마라. 그녀는 여전히 너의 신분을 모르고 있는 거야.

아르를캥 제기랄, 주인마님은 제가 하인복을 걸치고 그녀와 결혼하는 것이 그렇게도 못마땅하십니까? 아무튼 전 제 방식대로 사랑을 하렵니다. 그 사랑법은 결코 말썽을 피우지 않으며, 주인님께도 폐가 되지 않을 겁니다. 믿어 주세요. 제겐 귀족의 옷차림이 더 이상 필요 없어요. 마님께선 단지 제 옷을 돌려 주시기만 하면 됩니다.

도랑트 정말 응큼한 녀석이로군. 도저히 용납할 수 없어. 어서 이 사실을 오르공 씨에게 알려야겠어.

아를르캥 누구요, 오르공 씨? 우리들의 아버님? 아! 그 귀족 어르신! 우린 벌써 그의 마음을 움직였다네. 인품이 훌륭하고 세상에 둘도 없는 호인, 호인이시지요. 어서 새로운 소식을 전해 주시지요.

도랑트 정말 이상한 일이야! 리제트는 어디로 갔지?

아를르캥 리제트를 찾으시나요? 못 봤는데……. 아참, 아마 여길 지나간 것 같기도 하고……. 하지만 신사는 하녀를 쳐다보는 법이 아니죠. 그런 잔잔한 흥밋거리는 주인님께 양보하겠습니다.

도랑트 꺼져 버려. 이 녀석이 완전히 돌았구나!

아를르캥 주인님의 점잖은 태도에 어울리지 않게 좀 흥분하시네요. 그러나 그건 하인 옷을 입고 생활한 습관 탓이라구요. 그럼 저는 이만. 제가 아가씨와 결혼하면 우린 대등한 관계로 살 겁니다. 저기 하녀가 오고 있어요. 안녕, 리제트. 난 주인님을 다시 부르기농이라 부르겠어요. 귀족적인 자질이 넘쳐나는 하인으로요.

제8장 도랑트, 실비아

도랑트   (혼잣말로) 그녀는 얼마나 사랑스러운가! 그녀의 오빠, 마리오는 왜 내게 미리 알려 주지 않았을까?

실비아   어디 계셨어요? 마리오와 헤어진 후 주인마님께 보고한 내용을 전하려고 한참 찾았어요.

도랑트   이 근처에 있었는데…… 무슨 일이죠?

실비아   (혼잣말로) 왜 이렇게 냉정해졌지! (큰 소리로) 난 당신의 하인을 낮게 평가하지 않을 수 없었어요. 그리고 그 사람과 내가 전혀 어울리지 않는다는 것도 알려 주었죠. 그러나 소용없더군요. 최소한 결혼만은 연기하라고 설명했지만…… 통 말을 듣지 않았어요. 이제 당신의 진정한 신분을 밝혀야 할 때입니다.

도랑트   나의 생각도 그렇습니다. 난 모든 걸 당신의 아버님께 맡기고 곧바로 떠날 참이오.

실비아   (혼잣말로) 떠난다고요! 제가 바라는 건 그게 아닌데…….

도랑트   내 생각에 동의하지 않는단 말씀이오?

실비아   그렇지만, 너무…….

도랑트   나 스스로 말하지 않으면 지금의 상황을 극복하기 힘들어요. 다른 해결책을 찾을 수밖에……. 게다가 내가 떠나는 것은 또 다른 이유가 있어요. 즉 여기서 더 이상 할 일이 없다는 것이죠.

실비아 저로선 당신의 떠나는 이유를 정확히 알 수 없기에 찬성도 반대도 할 수 없군요. 전 그 이유를 알고 싶지만⋯⋯.

도랑트 궁금하시겠죠, 리제트.

실비아 난 당신이 나의 주인이신 오르공 씨의 딸에게 불쾌감을 가지고 있지 않나 생각됩니다만⋯⋯.

도랑트 당신도 그렇게 생각해요?

실비아 물론 추측할 수 있는 몇 가지 사실들이 있어요. 저의 정신은 온전하고, 분별력을 잃을 정도로 오만하지도 않습니다.

도랑트 그러나 당신은 그걸 밝힐 용기도 없지요. 더구나 말할 의무도 없으니까요. 자, 그럼 안녕⋯⋯. 리제트.

실비아 조심해 가세요. 당신은 이해하지 못하지만 저로선 최선을 다했어요.

도랑트 놀랍군요! 아무런 변명도 하지 맙시다. 그저 우리 사이의 비밀을 내가 떠날 때까지 지켜 주오. 곧 떠날 테니까⋯⋯.

실비아 뭐라고요! 진정 떠나실 셈인가요?

도랑트 당신은 무엇을 두려워하나요? 나의 결심은 변함없어요.

실비아 결국 잘 끝나게 되겠지요! 아, 얼마나 감사한 일인가!

도랑트 정말 순진하시군, 안녕.

실비아 (혼잣말로) 만약 그가 떠난다면 난 더 이상 기다리지 않을 거야. 물론 사랑하지도 않을 것이고, 결혼 얘기는 끝난 것이지. (그녀는 그가 떠나는 모습을 바라본다.) 하지만 이 사람이 이런 식으로 떠나진 않겠지. 그래도 초조하구나……. 아마도 좀더 심사숙고하면서 가다가 돌아보며 아쉬워하겠지. 과연 내가 자기의 뒷모습을 바라보는지 궁금해하면서 말이야. 내가 이렇게까지 할 필요가 있었나…? 아! 이제 모든 것은 끝난 거야. 그는 떠나 버렸으니까. 나의 믿음은 허상이었어. 오빠의 잘못이 커. 모든 게 그의 서투른 계획 때문이야! 내가 너무 앞서간 걸까? 어쩌지…… 어떻게 해야 하나…! 그렇지만 도랑트는 다시 나타날 거야. 아, 그가 다시 오는군. 쓸데없는 공상을 했어……. 난 여전히 그를 사랑하고 있어. 그 역시 그러길 바라고 있겠지. 어디 날 붙잡는지 살짝 떠나는 척해 볼까…….

도랑트 (그녀를 붙잡으며) 제발, 잠깐만. 아직 할 말이 남았소.

실비아 저에게요?

도랑트 그렇소. 나의 행동이 옳았는지 글렀는지 당신이 알기도 전에 떠날 순 없지요.

실비아 내게 변명을 하시려고요? 그건 소용없어요. 난 단지 하녀일 뿐. 당신도 그 점을 분명히 알고 계시죠.

도랑트 아, 리제트! 제발 그런 식으로 말하지 마시오. 불만

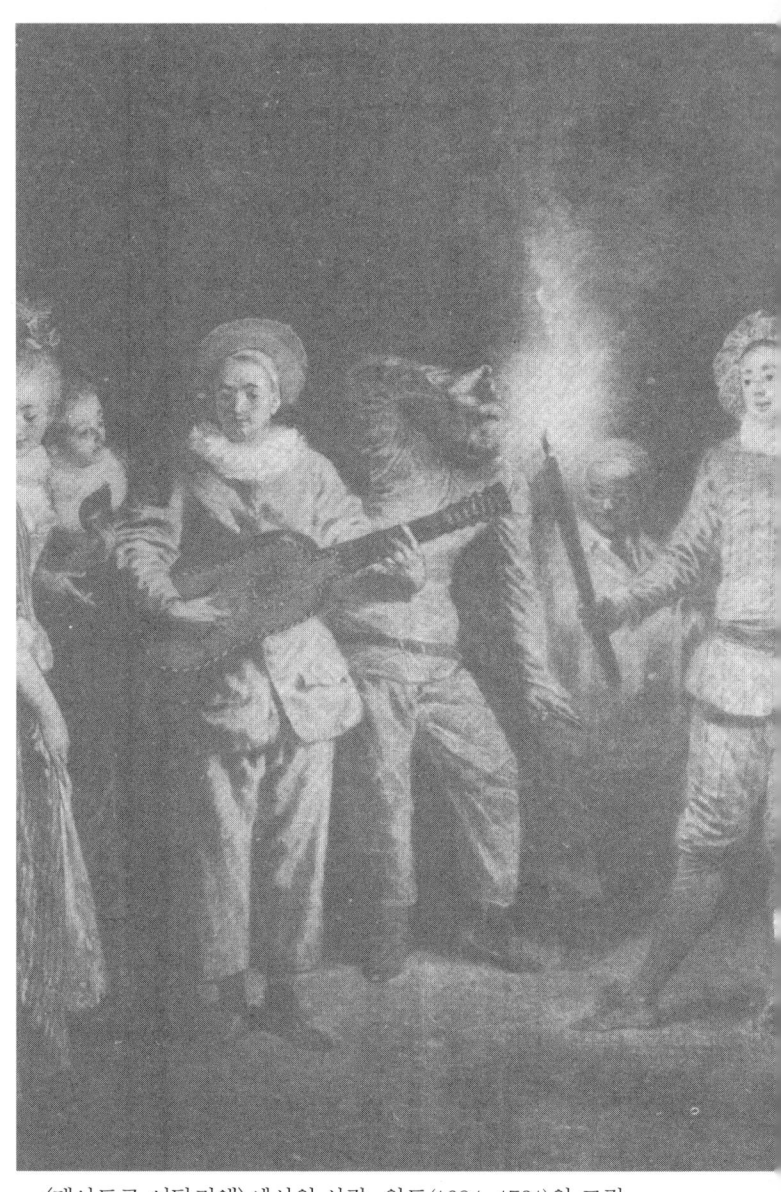

〈테아트르 이탈리앵〉에서의 사랑, 와토(1684-1721)의 그림.

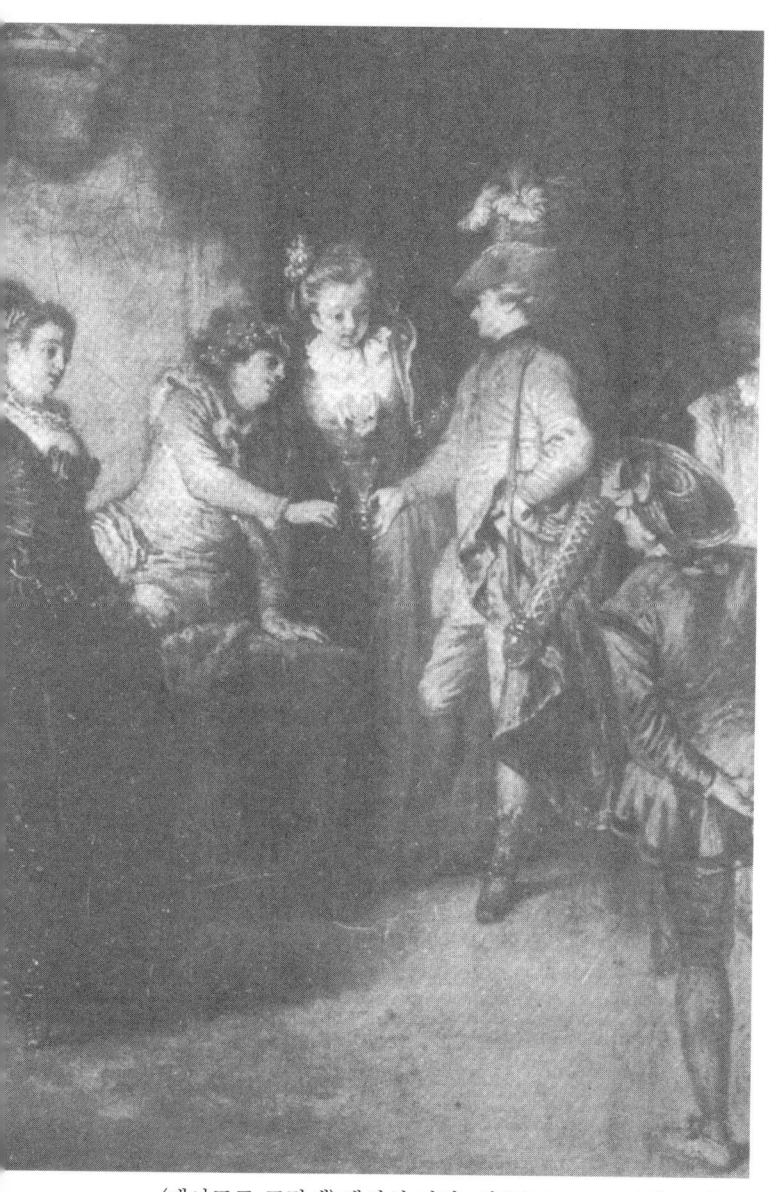

〈테아트르 프랑세〉에서의 사랑, 와토(1684-1721)의 그림.

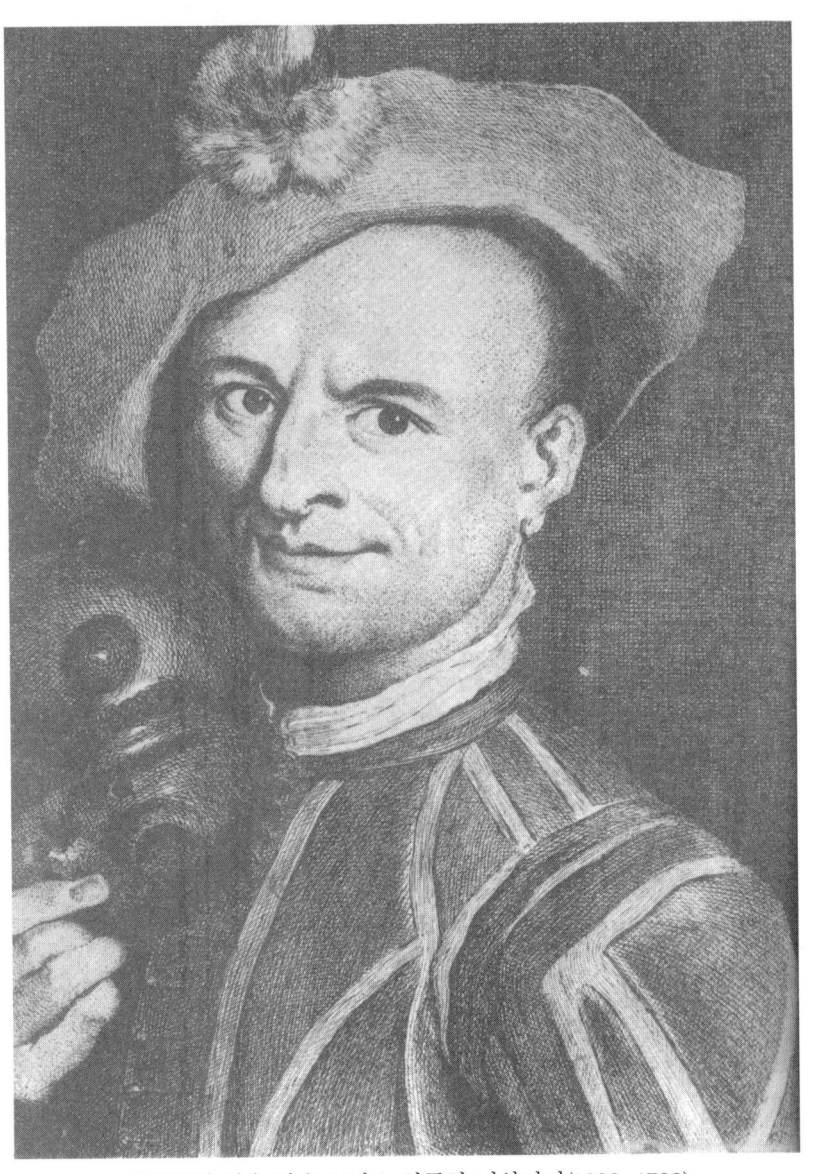

아를르캥 역을 맡은 토마스 앙투안 비상티니(1682-1739)

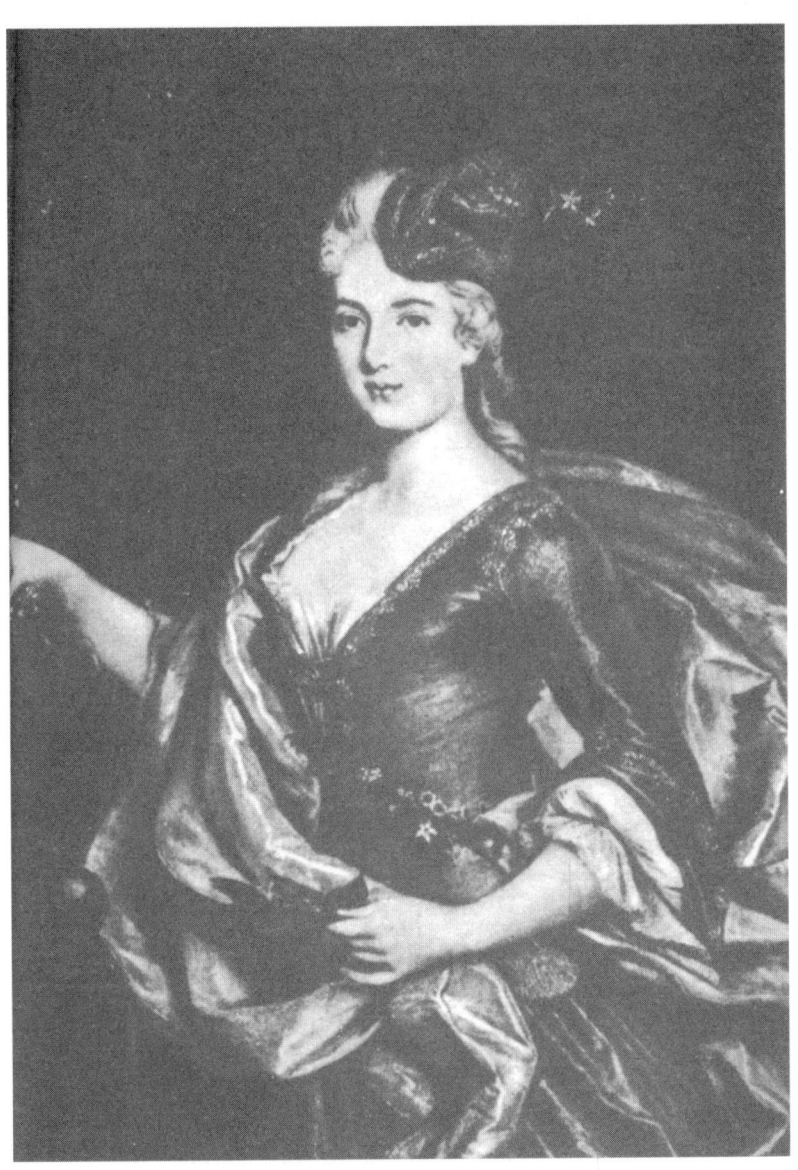

실비아 역을 맡은 자네타 베노치.

을 토로한 건 바로 당신이오. 당신은 나의 결정에 말 없이 방관만 하지 않았소?

실비아　그래요! 나 역시 할 말이 있어요.

도랑트　어서 말해 봐요. 내가 잘못 알고 있지 않다면, 마리오가 당신을 사랑하고 있잖소?

실비아　그건 사실이에요.

도랑트　당신은 그의 사랑에 매우 민감하게 반응하더군요. 내가 자리를 떠나자마자 당신의 태도를 보고 간파했소. 그러니 당신은 날 사랑할 수 없었던 게요.

실비아　그의 사랑에 민감하다구요? 누가 그런 말을 했죠? 내가 당신을 사랑할 수 없다니! 너무 단정하지 마세요.

도랑트　그래요, 리제트. 나의 혼란을 진정시켜 주길 바라오. 당신의 고귀한 영혼으로…….

실비아　떠나는 남자에게 무엇을 할 수 있을까요!

도랑트　나는 결코 떠나지 않을 거요.

실비아　당신이 진정 날 사랑한다면 주저하지 마세요. 나의 무관심은 하나의 계략일 뿐. 나의 침묵에 대해 당신은 행복으로 답하세요. 당신에게 나의 감정이 그리 중요한가요?

도랑트　물론 중요하지, 리제트. 당신을 사랑하는 내 맘을 아직도 의심하고 있소?

실비아　아뇨. 당신이 너무도 자주 반복해 말씀하시니 믿을 수밖에요. 그러나 당신은 뭔가 망설이고 있어요. 왜

자꾸만 주변을 맴돌고 있나요? 솔직히 털어놓겠어요.
들어 보세요. 당신은 나를 사랑하고 있어요. 그러나
사랑보다 중요한 조건들, 그 조건들을 무시할 수 없
는 게지요. 안 그런가요? 당신과 나 사이에 있는 거
리감, 살면서 부딪히게 될 수많은 장애들, 당신이 민
감하게 반응할 주위 사람들의 기대감, 당신 동료들의
조롱 등 모든 것들이 나에 대한 당신의 사랑을 가로
막을 겁니다. 무슨 방책이라도 있나요? 어쩌면 당신
은 그 모든 걸 무시하고 결혼을 강행할 수도 있어요.
그러나 나의 과거는 지울 수 없어요. 그것이 충격을
준다면 어디에 호소한단 말입니까? 내가 당신을 사
랑함은 세상의 그 어떤 위대함도 당신보다 더 감동을
줄 수 없기 때문이랍니다. 저의 입장을 살펴 주세요.
하녀가 귀족을 사랑한다는 것, 참으로 조심스럽습니
다. 계급적 질서가 엄존하는 사회에서 이 위태로운 사
랑이 잘 버틸 수 있을지……. 그리고 당신의 이성이
끝까지 잘 버틸 수 있을지…….

도랑트   사랑하는 리제트, 당신이 한 말이 진실이오? 당신의
이야기 속엔 언제나 나를 감동시키는 열정이 있구려.
사랑하오. 계급도, 신분도, 재산도 당신의 영혼 앞에
선 무의미합니다. 나의 조그만 자존심이 당신의 깊은
영혼에 맞섰던 것이 부끄럽구려. 이제부터 나의 마
음, 나의 손은 당신의 것이랍니다.

실비아 진심인가요? 제게 당신의 마음과 손을 소유할 자격이 있단 말입니까? 그것들이 가져다 줄 기쁨을 어디에 간직할 것인가? 아, 이 기쁨을…….

도랑트 당신은 진실로 날 사랑하고 있소.

실비아 아니, 아니오. 아직은 두렵습니다.

도랑트 두려울 것 없어요.

실비아 마리오가 문제예요. 그의 존재를 의식하지 않을 수 없지요.

도랑트 그렇지 않아요, 리제트. 마리오는 전혀 문제되지 않소. 당신이 그를 사랑하지 않으니까요. 더 이상 날 속일 수 없어요. 당신은 진솔하며, 나의 사랑을 기다리고 있어요. 나의 열정도 확실합니다.

실비아 오! 난 고통을 수반하는 사랑을 원치 않아요. 그것을 그대로 간직하시는 것이…… 아무튼 좀더 시간을 두고…….

도랑트 ……나와 함께하는 인생에 동의하지 않겠단 말씀이오?

실비아 뭐라고요! 당신은 신분을 망각하고, 아버지의 분노와 그 많은 재산에도 불구하고 나와 결혼하겠다구요?

도랑트 나의 아버님이 당신을 본다면 그 자리에서 날 용서하실 겁니다. 재산은 오히려 우리에게 행복의 수단이 되겠죠. 그리고 당신의 자질은 신분의 차이를 녹이고도 남지요. 자, 더 이상 무의미한 논쟁은 그만둡

시다. 나의 결심은 돌이킬 수 없으니…….

실비아 돌이킬 수 없는 결심이라…! 정말 매혹적인 표현이군요.

도랑트 당신의 사랑과 나의 사랑이 하모니를 이루도록 모든 걸 맡깁시다.

실비아 결국 승리했군요! 당신은…… 당신은 결코 변하지 않겠죠?

도랑트 물론이죠. 나의 사랑하는 리제트.

실비아 아, 별처럼 아름다운 사랑이여!

제9장 오르공, 실비아, 도랑트, 리제트, 아를르캥, 마리오

실비아 아! 아버지, 제가 도랑트와 결혼하길 원하셨지요? 아버지는 머지않아 최고의 즐거움을 맛보실 거예요. 당신의 딸이 아버지의 뜻에 복종할 테니까요.

도랑트 아니, 이게 어찌된 일인가! 오, 오, 오르공 씨가 당신의 아버지라고?

실비아 그래요, 도랑트. 우린 똑같은 생각으로 서로를 알기 위해 변장을 한 것이죠. 그러고 보니 당신께 미안한 생각이 드는군요. 어쨌든 당신은 나를 사랑하고 있으며, 난 조금도 의심하지 않아요. 그러나 이번엔 당신을 향한 나의 감정을 판단해 보세요. 이러한 나의 섬세함과 부드러움을 평가하시라구요, 호호호…….

오르공 자네, 이 편지를 알고 있나? 내 딸은 자네와의 만남을 통해 뒤늦게 내막을 알게 되었지만, 난 편지를 통해 벌써부터 자네의 변장을 알고 있었네.

도랑트 아, 이럴 수가! 말로 다할 수 없는 이 극치감…! 무엇보다도 기쁜 것은 내가 당신에게 준 변함없는 사랑이오. 그걸 확실하게 증명했으니…….

마리오 내가 부르기뇽이라 부르며, 무례하게 행동한 걸 용서해 주게나.

도랑트 아닙니다. 용서는커녕 감사할 따름입니다.

아를르캥 (리제트에게) 나 역시 기뻐요, 리제트! 당신은 아가씨의 신분을 상실했군요. 하지만 불평할 것 없어요. 여기 이 사람, 아를르캥이 있잖아요.

리제트 정말 멋진 대용품이로군! 그것을 얻은 건 바로 너라구!

아를르캥 난 아무것도 잃은 게 없어. 우리가 서로 알기 전에는 지참금이 더 가치가 있었지만, 이젠 당신이 지참금보다 더 중요하다구. 자, 가자, 야호!

– 막 –

마리보와 《사랑과 우연의 장난》에 대하여

박형섭

1. 배경

마리보는 18세기 전반기의 극작가이자 소설가이다. 그가 살
았던 시대는 규율을 거부하고 서서히 자율을 추구하려는 운동
이 일어나고 있던 때였다. 루이 14세의 죽음과 루이 15세의 실
정으로 절대 왕권을 비롯한 교회 · 귀족 · 앙시앵레짐(구체제)의
모든 권력이 붕괴되었다. 이는 이성에 더 많은 자유를 부여했
으며, 합리주의 정신이 전파되는 계기가 되었다. 또한 프랑스
의 지식인들 사이에 영국의 로크와 뉴턴의 영향으로 실증적 사
실에 대한 관심이 높아졌으며, 과학이 종교의 권위를 대신하게
되었다. 예술 작품 또한 이전의 관습과 형식의 모방에 기초한
장르를 뒤로 하고 새롭고 재치와 우아함이 넘치는 장르가 나타
났다. 그리고 여전히 고전주의적 사상과 표현, 그러한 경향의
규칙이 남아 있었지만, 과학적 태도와 계몽 사상은 빠르게 확
산되고 있었다. 마리보를 비롯한 몽테스키외 · 볼테르 등은 새

로운 스타일의 글쓰기에 매달렸다. 18세기 후반에는 계몽 사상의 승리와 낭만주의적 감성이 피어나기 시작했다. 이때는 격렬한 투쟁의 시기로 디드로·루소·뷔퐁 등의 계몽사상가와 혁명 세력이 전면에 나서 구체제를 붕괴시키는 데 앞장섰다. 결국 이성은 승리할 것이고, 과거는 미래에게 자리를 내줄 수밖에 없었다.

마리보의 작품은 근본적으로 동시대 부르주아들의 삶을 폭로하는 데 있었다. 즉 그 방탕함과 세속적인 쾌락 추구, 우아함을 가장한 경박함 등을 고발하는 것이다. 그러한 배경은 사회가 비교적 정치적으로 안정되어 있었고, 상공업의 발달 덕분에 경제적으로 부유해짐에 따라 사치와 치장에 열중할 수 있었기 때문이다. 마리보는 사회를 묘사하는 것으로 그치지 않고 시대의 문제에 적극적으로 개입하고 비평했다. 이는 필수적으로 결혼과 같은 몇 가지 제도의 기능과 귀족의 가치 체계, 그리고 사회의 계급적 조직의 재검토를 불러왔다.

2. 독창성

17세기의 대표적인 희극작가로 몰리에르를 꼽는다면, 18세기에는 단연 마리보가 그 반열에 오를 수 있을 것이다. 마리보의 연극은 단순한 사건을 매우 흥미있게 전개시켜 나가는 것으로 유명하다. 특히 다양한 방식의 우여곡절과 급변은 '사랑의 놀라움'과 그 감정의 승리를 통쾌하게 보여 준다. '마리보다주

(Marivaudage)'로 일컫는 재치 있고 절제된 대사는 극적 즐거움을 더해 준다.

마리보 연극의 특성은 환상적이라고 할 수 있다. 특히 교묘하고, 기교적이고, 화려한 시정(詩情)은 셰익스피어보다 더 섬세하다는 평을 듣는다. 연극 무대는 가장 이상적인 사회를 반영하고 있으며, 등장 인물들은 우아함과 섬세함을 지니고 있다. 그런 방식으로 마리보는 비현실적인 공간 속에서 자연스럽고 진실한 감정을 다채롭게 표현했다.

마리보는 마음속의 고뇌와 은밀한 기쁨의 근원으로서 '감미로운 사랑'의 감정을 즐겨 다루었다. 그는 사랑의 감정을 통해 인간의 모든 숨겨진 정서들을 그려내고, 사랑의 일시적인 상태와 속도, 사랑의 진행 단계 등 그 뉘앙스들을 표현하는 데 탁월한 재능의 소유자였다. 아무튼 마리보는 앞선 시대의 희극적 전통에서 해방되어 연애 심리의 세밀한 분석을 통해 새로운 희극 장르를 창조했다. "나는 남의 방식을 따르지 않고, 좋든 싫든 내 방식대로 이야기하기를 좋아한다"라는 말에서 나타나듯이, 그는 자신만의 독특한 정신을 고수하려는 고집이 있었다.

또한 마리보의 소설은 파리를 무대로 자신의 눈에 비친 사회의 풍속을 묘사하고 있다. 대표작인 《마리안의 일생 *La Vie de Marianne*》(1731)은 미완성이기는 하지만, 섬세하고 정확한 심리 분석이 돋보이는 작품이다. 일찍이 스탕달은 "마리보의 《마리안의 일생》을 읽어보라. 그러면 그대의 호언장담하는 병이 치유될 것이다"라고 하면서 이 소설의 심리 묘사를 극찬한 바 있다.

마리보는 사랑을 몽상하는 여성의 감정 묘사에 있어서 타의 추종을 불허한다. 그가 창조한 여성들인 실비아(Silvia) · 아마랑트(Amarante) · 앙젤리크(Angélique)는 매우 여성다운 성격의 소유자들이며, 연애와 행복한 결혼을 꿈꾸는 전형적인 여성상들이다. 그녀들은 감성적이고 교태스러우며 순수한 사랑을 지키기 위해 자기들만의 이기심도 가지고 있다. 또 그녀들은 부드러운 맵시와 발랄한 재치를 갖추고 있는 매력적인 여성들이다. 마리보는 이 여성들을 통해 누구나 젊은 시절 그랬음직한 보편적인 여성의 모습을 그려냈다. 라신이 극복하기 힘든 현실의 장벽 앞에서 사랑이 좌절할 수밖에 없는 '연애 심리 비극'의 대가라면, 마리보는 일시적인 시련과 장애를 뛰어넘어 사랑에 도달하는 '연애 심리 희극'의 창시자라고 할 수 있을 것이다.

3. 마리보다주(Marivaudage)

마리보는 섬세하고 다양한 인간의 심리를 정확히 표현하기 위해 기성의 것을 배격하고 독창적인 문체를 사용했다. 그 특징은 우아하고, 세련되면서도 지나칠 정도로 기교적이다. 이러한 스타일의 글쓰기를 '마리보다주'라고 한다. 우리는 그의 극에서 세련된 말투로 순수한 사랑을 추구하고, 그 사랑을 얻기 위해 미묘하게 밀고 당기는 남녀를 만날 수 있다. 이 작가에게 사랑은 신비하거나 공상적인 감정이 아니라 매우 자연스러운 감정인 것이다.

우리는 종종 작가나 사상가들이 창조해 낸 개념에 그들의 이름을 붙이는 것을 본다. 가령 '사드적(sadique)' '마르크스적(marxiste)' '카프카적(kafkaïen)' 등이 그렇다. 그러나 그 개념은 그들에게만 국한되어 있지 않다. 즉 그 수식어들은 이미 작가들이 창조한 개념을 넘어 보편적으로 통용된다. 이 현상은 마리보와 그의 이름에서 파생된 용어 '부자연스럽게 언동을 꾸미다(marivauder)'나 '부자연스럽게 꾸민 말투(marivaudage)'의 경우에도 마찬가지다. 이 표현들은 마리보의 창조적 정신에서 탄생되었으나 일상적인 어휘로 받아들여진다.

사실 마리보다주란 말은 마리보가 살아 있을 때 생겨났다. 그것은 그를 칭찬하려는 의도가 아니라 정반대로 그를 빈정대거나 비하하기 위한 말인 것이다. 실제로 동시대의 비평은 마리보에게 별로 우호적이지 않았다. 그의 작품은 '자연스럽지 못하고 꾸며진 문체' 또는 '기교적이고 철학적인 몽상'이라고 단죄되었다. 가령 라 아르프는 마리보다주를 '형이상학과 저속한 표현, 그리고 지나치게 기교적인 상투어와 대중적인 속담 사이의 아주 이상한 혼합'으로 간주했다. 마리보의 가장 적대적인 라이벌이었던 볼테르는 그가 "거미줄에 걸린 파리알의 무게를 재려고 한다"면서 비난을 퍼부었다. 아카데미 프랑세즈에 《캉디드 *Candide*》의 볼테르 대신 《사랑과 우연의 장난》의 극작가가 선출된 것은 아마도 이러한 적대감 속에서 이루어진 것일 터이다.

19세기에도 생트 뵈브 같은 비평가는 '냉랭한 농담'과 '귀엽고 쾌활하게 유식한 척하는 태도'에 대해 유감을 표명했다. 어떤 사람들은 마리보다주를 세련된 재치(préciosité)와 기발한 농담으로 이루어진 사랑의 대화 속에만 국한시키려고 한다. 《라루스사전》조차 그 말의 뜻을 '정중하고 고상하게 친절(galanterie)을 베푸는 것'으로 풀이하고 있으니 말이다. 아무튼 마리보다주의 의미가 그것이 나타난 때인 1760년에 비해 크게 확장된 것은 사실이다. 그래서 오늘날 이 표현은 처음의 부정적 의미보다 보편적 의미로써 도덕적이거나 심리적으로 은밀하게 자신의 심중을 드러내는 사람의 섬세함이나 재치를 말할 때 사용된다.

4. 《사랑과 우연의 장난》 해설

이 작품은 제목이 포함하고 있는 세 단어들, 즉 '사랑'과 '우연'과 '장난'이 주제다. 따라서 연극은 사랑이란 감정의 탄생과 그 과정에서 발생하는 우연의 상황, 변장을 통한 놀이(장난)에 초점을 맞추고 있다. 특히 인물들이 서로 의상을 바꿔 입고 상대역을 맡는 가장놀이(장난)는 극중극의 기법으로 '희극 속의 희극'인 셈이다.

간략히 극의 내용을 살펴보자.

제1막 : 우연의 시험

제1막은 10장으로 구성되어 있으며, 모든 인물들이 등장해 변장의 이중 전략을 짠다. 변장은 희극적 효과를 극대화해 주는 방책이다. 그것은 특히 우연의 장면들을 연출해 준다.

제1장 : 주인 집 딸인 실비아와 하녀 리제트가 결혼에 대해
대화한다. 실비아는 아버지가 정해 준 남자와 결혼한다
는 생각에 불쾌해한다. 그녀는 세상의 남자들은 모두
사기꾼이라는 편견을 가지고 있다. 결혼 자체를 싫어한
다고 고백한다.

제2장 : 실비아의 아버지 오르공은 돌연 딸이 거부하는 미
래의 신랑을 강요하지 않을 듯한 태도를 보인다. 그는
실비아가 하녀로 변장하여 약혼자인 도랑트 몰래 그를
관찰하겠다는 제안을 수락한다.

제3장과 제4장 : 실비아와 리제트가 상대역으로 변장하는
동안, 실비아의 오빠 마리오는 아버지의 전략을 알아차
린다. 마리오와 아버지(오르공)는 도랑트의 아버지가 보
낸 편지를 통해 딸의 약혼자가 자신의 딸과 똑같은 생
각을 가지고 있음을 알게 된다. 즉 도랑트가 그들의 집
을 방문할 때 자신과 하인이 옷을 바꾸어 입고 변장한
채 오겠다는 내용이다. 도랑트 역시 약혼녀 실비아를 관
찰하겠다는 속셈이다. 마리오는 이 흥미진진한 놀이를
즐기려고 한다.

제5장 : 하녀로 변장한 실비아는 오빠(마리오)에게 놀림을
당한다. 하녀로 변장하고 있음에도 불구하고 그녀는 자
신의 매력이 도랑트를 유혹할 수 있다고 확신한다.

제6장 : 하인으로 변장한 도랑트는 자신을 부르기뇽이라고
소개한다. 아버지(오르공)와 아들(마리오)은 하인들의 전

통에 따라 실비아와 도랑트로 하여금 허물없이 지내도
록 한다. 두 사람이 하녀와 하인의 복장으로 있을 테니
까 말이다.

第7장 : 제1막에서 가장 중요한 장면이다. 처음으로 두 약
혼자가 바꿔 입은 옷으로 대면한다. 각자는 서로의 품위
있는 태도를 보고 놀란 듯 정중한 말투로 대화한다.

第8장 : 가짜 도랑트가 나타난다. 실비아는 하인 아를르캉
의 상스러운 언행을 목격하고 놀란다.

第9장 : 도랑트는 이 위험천만한 변장놀이가 무산될지 모
르는 서툶 때문에 아를르캉을 나무란다.

第10장 : 오르공은 이 전략을 모르는 체하며, 가짜 사위 아
를르캉을 극진히 환대한다.

제2막 : 사랑의 놀라움

이 막은 마리보의 희극에서 주로 그러하듯 가장 길다(13
장). 여기서는 우여곡절 끝에 우연히 사랑에 첫발을 내딛게 되
는 순간을 보여 준다. 여성의 역할이 지배적이다.

第1장 : 리제트는 오르공에게 사태가 뜻밖으로 돌아가고
있음을 알린다. 약혼자 도랑트가 자기에게 결혼하자고
제안한다는 것이다. 오르공은 그 상황에 별로 놀라지 않
은 채 가짜 하인 부르기뇽에게 더 관심을 보인다.

第2장과 第3장 : 오르공으로부터 격려를 받은 아를르캉은
리제트를 유혹하기로 한다. 제3장은 익살로 그득하다.

왜냐하면 구혼자가 서투른 귀족 흉내를 내며 재기넘치는 언어를 사용하기 때문이다.

第4장 : 도랑트는 의도적으로 아를르캥으로 하여금 달콤한 말을 하도록 하지만, 리제트는 자기 하인의 무례함에 응수하지 않는다.

第5장 : 두 하인과 하녀는 사랑의 듀오를 되찾고, 장차 일어날지 모르는 가능한 사실들에 관계없이 서로에게 충실하기로 약속한다.

第6장과 第7장 : 실비아는 스스로를 놀라게 한 이 순정적 사랑에 화가 난다. 그녀는 도랑트가 떠나자 리제트를 나무란다. 하지만 리제트는 자신의 완벽한 연기에 대해 자랑스러워하며, 부르기농에 대한 자기 여주인의 의심스런 관용을 빈정댄다.

第8장 : 이 작품의 유일한 독백이다. 실비아는 자신의 상황을 분석한다. 남자 하인에게 사랑의 감정이 생긴다는 게 자신의 품위를 떨어뜨리는 것은 아닌지……

第9장 : 또 하나의 중요한 장면이다. 실비아와 도랑트의 두 번째 사랑의 듀오. 설득하는 도랑트와 갈등하는 실비아, 그들은 현재의 신분의 차이를 숨긴다. 마침내 도랑트가 무릎을 꿇고 진실을 밝힌다.

第10장 : 리제트와 아를르캥의 대화가 주인을 잘못 섬긴 부르기농을 꾸짖는 오르공과 마리오에 의해 중단된다.

第11장 : 다소 잔혹하지만 우스꽝스런 장면이다. 마리오는 하인을 사랑하는 누이의 호의를 조롱한다. 자신의 순수한 사랑이 모욕당하고 있을 뿐 아니라 부르기뇽을 옹호하기가 쉽지 않은 실비아, 그럼에도 그녀는 이 놀이가 중단되는 것을 원하지 않는다.

제12장 : 동요로 가득 찬 실비아가 도랑트를 찾아간다. 그때 도랑트가 자신의 진짜 신분을 밝히지만, 그에 대한 그녀의 감정은 드러나지 않는다.

제13장 : 실비아는 일부러 도랑트에 대한 질투심을 유발하려고 마리오를 초대한다.

제3막 : 사랑의 승리

제1장 : 아를르캥이 리제트와 결혼하게 해달라고 주인에게 간청한다. 그의 주인은 자신의 신분을 밝히는 조건으로 수락한다.

제2장과 제3장 : 마리오는 누이의 요청으로 도랑트에게 자신이 리제트를 사랑한다고 알려 주러 온다. 실비아가 도착했을 때, 그는 도랑트의 대담함에 기분이 상해 있다. 그는 질투심을 가장하고 있다.

제4장 : 세 명의 공범자인 오르공 · 마리오 · 실비아는 상황을 논의하고, 이 장난을 계속하기로 작정한다.

제5장 : 제1장과 대응되는 장면이다. 리제트가 오르공에게 가짜 도랑트와 결혼하게 해달라고 요청한다. 결혼 조건은 같다.

第6장 : 많은 암시 끝에 리제트와 아를르캥은 본래의 하인 신분으로 돌아가고 놀이는 끝난다. 웃음이 터져나오고 서로 양해를 구한다.

第7장 : 아를르캥의 작은 복수. (가짜) 오르공의 딸이 자기와의 결혼을 승낙했다고 주인 도랑트에게 으스대며 말한다.

第8장 : 이 연극의 가장 극적인 장면이다. 처음 두 젊은이들 사이의 억울한 사랑, 왜냐하면 도랑트가 사랑 싸움에서 패했다고 느끼기 때문이다. 실비아는 그를 찾아가서 신분의 차이에도 불구하고 결혼하자고 한다.

第9장 : 모든 등장 인물들이 무대로 나온다. 실비아는 결국 가면을 벗는다. 그리고 두 커플의 결혼식, 즉 실비아와 도랑트, 아를르캥과 리제트의 결혼식이 준비된다.

이상과 같이 마리보 연극의 줄거리는 단순하다. 따라서 극적 행동의 원동력은 주요 인물의 의식과 내면 세계를 조심스럽게 들여다보는 데 있다. 심리적 변화의 단계는 직면한 상황이나 대화의 실마리에 따라 조금씩 진행된다.

마리보 연보

1688   마리보(Pierre Carlet de Chamblain de Marivaux)는 2월 4일 파리에서 태어났다.

1698-1710   리옹중학교에서 수학하였으며, 그의 아버지는 지방의 작은 도시 리옹의 조폐국장이었다.

1706   첫 작품인 제1막의 운문 희극 《신중하고 공평한 아버지 Le Père prudent et équitable》를 쓴다. 이 작품은 1712년 파리에서 출간된다.

1710   파리 법과대학 입학하였으나, 법학보다 연극에 더 흥미를 느껴 법학사를 획득하는 데 10년 이상 걸린다.

1713   첫 소설 《연민의 놀라운 효과 Les Effets surprenants de la sympathie》 출간.

1716   《변장한 일리아드 L'Iliade travestie》 출간. 이 작품으로 마리보는 신구 논쟁에서 근대파의 편에 가담한다. 《변장한 텔레마크 Le Télémaque travesti》 발표(1736년 출판).

1717   다섯 살 연상의 명문가의 딸 콜롱브 볼로뉴(Colombe Bollogne)와 결혼.

1720   이탈리아 극장에서 《사랑으로 우아해진 어릿광대 Arlequin poli par l'amour》가 크게 성공한다. 제5막의 비극 《한니발 Annibal》 발표.

1721   첫 저널지 《스펙타퇴르 프랑세 Le Spectateur français》의 편찬에 착수한다.

1722   《사랑의 놀라움 La Surprise de l'amour》 발표. 토마생(Thomassin)과 실비아(Silvia)와 같은 이탈리아 배우들을

만난다.

1723   《이중의 변절 *La Double Inconstance*》 발표.

1725   제1막의 희극 《노예들의 섬 *L'Île des esclaves*》 발표. 이 작품은 나중에 《이성의 섬 *L'Île de la raison*》(1727), 《새로운 식민지 *La Nouvelle colonie*》(1729)와 3부작을 이룬다.

1727   《빈곤한 철학자 *l'Indigent philosophe*》 출판. 《사랑의 두 번째 놀라움 *La Seconde Surprise de l'amour*》 발표.

1730   제3막 희극 《사랑과 우연의 장난 *Le Jeu de l'amour et du hasard*》 발표. 크게 성공한 것에 고무되어 사랑을 테마로 한 연극을 계속 발표한다. 《사랑의 승리 *Le Triomphe de l'amour*》(1732), 《조심성 없는 서약 *Les Serments indiscrets*》(1732), 《행복한 계략 *L'Heureux stratagème*》(1733).

1731-1741   《마리안의 일생 *La Vie de Marianne*》 출판.

1734   《철학자의 방 *Le Cabinet du philosophe*》 출판. 이 저널은 세번째이자 마지막 잡지이다. 《벼락부자가 된 농부 *Le Paysan Parvenu*》의 첫 부분 출판.

1735   《벼락부자가 된 농부》의 다섯번째이자 마지막 부분 출판.

1737   제3막 희극 《거짓 고백 *Les Fausses Confidences*》 출판.

1740   제1막 희극 《시련 *L'Epreuve*》 출판. 이 극은 이탈리아 배우단(Comédiens Italiens)의 마지막 공연작으로 크게 성공한다.

1743   볼테르를 제치고 아카데미 프랑세즈 회원으로 선출된다.

1744   제1막 희극 《논쟁 *La Dispute*》 출판.

1746-1763   아카데미 프랑세즈 회원으로 활동하고, 자신의 문학 작품을 총정리하여 출판하는 일에 몰두하다.

1763   2월 12일 파리에서 사망했다.

박형섭
연세대학교 불어불문학과 졸업
파리 8대학 불문학박사(현대극 전공)
현재 부산대학교 불어불문학과 교수
역서: 《베케트 연극론》(東文選) 《노트와 반노트》(東文選)
《이오네스코 연극미학》(東文選) 《잔혹연극론》(현대미학사)
《기호와 몽상》(東文選) 《잔혹성의 미학》(東文選)
《코뿔소》(東文選) 《연극분석입문》(東文選) 《위뷔 왕》(東文選)
《문화 국가》(경성대출판부)
저서: 《아르토와 잔혹연극론》(월인, 공저)
《프랑스 문학의 풍경》(월인, 공저)

현대신서
170

사랑과 우연의 장난

초판발행 : 2004년 12월 27일

東文選

제10-64호, 78. 12. 16 등록
110-300 서울 종로구 관훈동 74
전화 : 737-2795

편집설계 : 李姃旻

ISBN 89-8038-488-2 04860
ISBN 89-8038-050-X(세트 : 현대신서)